AROMA DE VAGABUNDO

Por Mary Jeanne Sánchez

©2020

Mujer, eres hermosa ante los ojos de Dios

Mary Jeanne Sánchez

Prólogo

«Me quiere, no me quiere. Me quiere, no me quiere...»

Mientras caminaba por aquel campo lleno de flores, me busqué para ver dónde había quedado mi inocencia. Tomé una de ellas y, mientras despojaba uno a uno sus pétalos, me di cuenta, después de un instante, de que fueron mis cenizas las que hicieron florecer las margaritas.

Índice

Esta novela está dedicada a todas aquellas mujeres, con nombres e historias distintas, que han sido víctimas de la violencia de género, hasta el punto de no retorno. Con sus nombres dibujo este corazón como símbolo de mi profunda fraternidad hacia ellas.

Gisele Melania Marisol Esther Ramona Celeste
Susana Sofía Glasis Sandra
Jocelin Eva María
Lucía Rosa
Rebeca Valeria
M. Jesús Camila
Mónica Ingrid
Victoria Kelly
Bianca Diana
Nelea Silvia
Liana Emilia
Vanesa Daría
Leonor Belén
Mariana Isabela
María Jesús
Silvia

6

Eres oro puro brillante

«Cuando comiences a pulir
tu oro interior, este brillará
mostrando tu gran
inteligencia:
¿quién podrá descalificarte?».

Mary Jeanne Sánchez

Es lo que siempre hago cuando recorro las calles de París, viajar hacia mis patios interiores y perderme en un sinnúmero de pensamientos. Armonizo con la ciudad, el ruido del tráfico y su gente, percibo su mensaje, recopilo información que luego plasmo en mi agenda. París tiene su encanto, una forma peculiar de asentarse que mi alma inmediatamente traduce y afirma. Lo mismo pasa con las mujeres: cuando logran mirarse hacia adentro y descubren su valor, sacan su belleza interna a la superficie. Una mujerasí, que ama lo que es, no permite ser descalificada por nadie. Digo esto porque pienso en mi pasado mientras bordeo la Île-de- France, el color de las piedras y los edificios me serena, algo que he pasado por alto en mi vida se aclara mientras camino. Tantas vejaciones tuve que vivir para aprender a respetarme.

Mi nombre es Daniela Sorrentino, el Sol del Sur, así me llaman mis afectos. Como ese sol radiante en las tardes agropolitanas de veranos calientes, bajo el filtro de temperaturas enardecidas; como los soles de agosto en la provincia de Salerno, al sur de Italia, cuyas calles se colman de turistas. Esa ciudad es un espectáculo natural que Dios le regaló a Italia. Los santos pasaron por esas tierras y dejaron allí sus huellas, ¿quién no lo haría? Yo también, si fuera santa.

Recuerdo que siempre estaba rodeada de amigos. Mis risas se mezclaban con las voces del viento, a todos nos cubría el resplandor de la luna grande de mitades de agosto («*ferragosto*», como lo llaman en Italia). Aquel mar se tornaba brilloso y, por ende, todo a su alrededor. Y frente al mar, yo, en el vientre de un bar celebrando el encuentro con amigos. Sentados recordábamos nuestra infancia, yacompañábamos las anécdotas con un *cornetto* calientefrente al espectáculo de esa luna gigante y el mar agropolense. ¡Qué infancia tan bella!

«Nadie, ni yo, podía imaginarse que aquel sol llamado Daniela, alegre y afectuosa, pronto se vería eclipsado».

Hablo de esas situaciones que llegan sin avisar y que te desvalijan el alma. Hablo de esa persona que llega a tu viday a quien, sin ponerlo en duda y con los ojos cerrados, le entregas el poder de hacerte infeliz. Estaba convencida de que amar a otra persona suponía comprometer mi amor propio. Yo quedé por debajo de aquel «amor», sepultada por completo. «En definitiva, es uno quien debe dar firmeza a su vida y sentido a su existencia».

Es por eso por lo que voy rumbo al aeropuerto, regreso a Milán, con hora de salida a las 11:35 a. m. Regreso para mi conferencia a más de ciento cincuenta mujeres en el ateneo de Milán, se supone que me esperan a las ocho de lanoche. No sé con qué voy a encontrarme, intuyo que con mujeres tan desesperadas como yo en algún momento demi vida.

Pero nadie nos obliga a soportar tanta tortura; la mismaque un día viví. Las estadísticas anuales de muertes van en aumento. Esa cifra me afecta, me aturde, y he decidido hablar en público sobre la violencia de género, servir como testigo de la libertad, la sanación y el amor propio, es por eso por lo que les contaré mi propia historia.

Mi historia: La superviviente

24 de julio de 2010

7:00 a. m.

Abrí la ventana de mi cuarto y me asaltó su bella panorámica. El sol espléndido doraba los valles y el azul del mar de la provincia se mezclaba con el cielo. Una brisa cálida con aroma a salinas hizo batir las puertas de mi clóset. Allí aguardaba el símbolo máximo de mi sueño: mi vestido blanco de bodas, hermoso, color marfil, bordado en piedras. Lo recuerdo ceñido a mi cintura, resaltaba mi figura delicada como una bonita rosa blanca, elevada sobre mis zapatos bordados con perlas.

Hacía un día maravilloso, escuchaba en las calles las voces de los vecinos, que, a través de los balcones, anunciaban con alegría mi matrimonio.

Es así en el sur de Italia, todos se emocionan por estas cosas y viven ese momento como propio. No era para menos, si yo era la hija de Gerónimo, el dueño de la carnicería del pueblo, al que todos conocían por su espíritu alegre y ocurrente.

Antes de casarme, como muchos jóvenes de mi generación, me fui a estudiar a la ciudad. Viajé a Milán para estudiar Psicología, era la profesión a la que más se adaptaba mi carácter. Mientras los hijos mayores se quedaban al cuidado de los cultivos de la tierra y el hogar, los más jóvenes partíamos en búsqueda de otras quimeras. Sin embargo, nada salió como había previsto y rápidamente arruiné los sueños de la niña que fui. A mis padres les tocó verme regresar, no con mi título de psicóloga, sino con un hombre a quien amaba y por quien postergaría todos los planes que de forma meticulosa fueron gestados en mi infancia.

De niña me proyectaba en mi propio consultorio, que improvisaba con mis amigos quienes terminaban siendo mis propios «pacientes». Tenía vocación para escuchar y ayudar; solía interesarme por las historias personales de la gente, siempre al filo de la desesperación y las contradicciones. Me entretenían las actitudes de las personas y sus consecuencias, y todo lo que estaba antes deeso, adentro, muy adentro.

Podría decir que, sin saberlo, a mis once años tuve mi primera «paciente», ya fuera de los límites del juego de «la psicóloga». Dicho de otra forma, experimenté ese chispazovocacional cuando logré ayudar a una amiga de la escuelaa quien venía afectándole el hecho de que su padre se fuerade la casa. Me lo confesó un día que ya no pudo seguir esquivándome:

—Se fue a América a buscar trabajo —me

dijo con lavoz entrecortada por el llanto.

Lo había visto marcharse desde la ventana de su habitación. Cruzó la calle por la que desapareció a hurtadillas, como un ladrón, en la plenitud de la noche.

—Odio América —me dijo. Entonces se me ocurrió una idea:

—¿Cuál? —me preguntó curiosa.

Le expliqué que debía cambiar la frase «papá se fue de casa» por «papá regresa a casa». Y así lo hizo, comenzó a escribir una y otra vez aquella resolución; con cada oración escrita, su rostro se iluminaba de esperanza. Es que alguna vez le había escuchado decir a mi abuela que las palabras tienen poder, y eso fue exactamente lo que quise comunicarle a Anna. Porque, de algún modo, nuestras emociones influyen en nuestra realidad.

No sabía que, años más tarde, yo terminaría siendo mi propia paciente, tenía que regresar a mi pueblo con mi futuro esposo, un hombre tres años mayor que yo; un exmilitar que abandonó su carrera para montar su negocio en las afueras de la ciudad de Milán. Mi futuro esposo y mi futuro verdugo.

Presentación a la familia

El día que vino a mi pueblo a conocer a mi familia, estaba emocionado. Le pareció un lugar encantador, revitalizante y bullente. Es lo que entreví de sus comentarios y su actitud contemplativa en el espolón del Monte San Leo, desde donde podíamos percibir todo el esplendor del valle del río Alento y el mar Tirreno, frente a la costa de Agropoli. «El paisaje siempre ha estado del lado del amor

—pensé—, o lo magnifica».

Nací en Cicerale, al sur de Italia, a quien sus antepasadosle llamaban *terra che nutre i ceci*. Es propiamente un centro agrícola debido a la actividad y el cultivo del grano *ceci*, muy famoso, por eso recibe ese nombre de Cicerale. Nuestro garbanzo crece y se desarrolla en condiciones climáticas difíciles, puede que por estos motivos mantenga un sabor tan distintivo y se justifique su popularidad. Supongo que nacer allí me dio la misma capacidad de los garbanzos para sobrevivir en condiciones tan embarazosas;es una metáfora de mi propia vida, germinar en suelos donde no cualquiera podría salvarse.

Desde Monte Cicerale se pueden apreciar los atardeceres más extraordinarios, una paleta de colores vivos como si elmundo estuviera siendo creado por primera vez. Sin duda, los mejores veranos son siempre en los meses de julio y agosto, meses que guardan un conjuro con los dorados ylos rosados más espectaculares.

Por esa fecha fue cuando en cada rincón del pueblo se escucharon los rumores de mi matrimonio. «Daniela se casa —decía todo el mundo, de puerta en puerta—, con un hombre bien educado, gentil y cariñoso». De la novia exclamaron que era bella, y de su futuro, que tendrían hijosbien parecidos e, incluso, morochos.

Así somos en este pueblo, fantasiosos y afectivos, como si en cada familiaque se funda se organizara el mismo mundo.

Decían que el verano de agosto selló aquella relación. Su llegada coincidió con la fiesta del patrón San Jorge, y fue en el marco de esta celebración cuando los amigos de mi infancia y mi familia le conocieron. Ambos eventos se juntaron para darle más alegría a aquel encuentro, como si uno le diera mayor significado al otro, como si San Jorge ymi futuro esposo se hubieran puesto de acuerdo para hacerme más feliz.

El 19 de agosto pisó Cicerale y se quedó varios días con nosotros. Era sábado, yo lo esperaba en el marco de nuestro almuerzo familiar. Mi madre no perdió oportunidad de lucirse en la cocina y preparó sus deliciosos *fusilli* caseros. Para el mediodía, el mejor cerdo relleno de papas de mi padre se cocía en el horno.

—Se chupará los dedos —repetía papá.

—¿A qué hora llega? —preguntaba impaciente mi hermano, por otra parte, con su marcado acento provinciano.

Hasta que sonó el timbre de casa. Me precipité por laescalera que conducía al salón de la entrada y corrí a recibirlo con toda la alegría que superaba mi estatura. Tomé sus maletas y las coloqué en el rincón de la sala. Subimos tomados de las manos y anuncié a mis padres su presencia:

—Este es mi novio, Salvatore Sebastiano —dije ante el semblante sonriente de mamá y Ricardo—. Es napolitano, pero reside en Milán desde que era niño.

—Siéntese, que aquí las sillas no muerden —comentó mi padre tendiéndole la mano.

Mi madre le indicó qué silla ocupar, mientras mi *nonna*, desde su habitación, donde rezaba el rosario antes de almorzar, lo saludó con un movimiento de cabeza sin detener su plegaria. Fue una bienvenida única. Mi padre sacó a relucir una botella de *limoncello*. —Hecho en casa

—le informó papá en cuanto le servía. Trataba de ocultarsu entusiasmo bajo la gravedad de un padre generoso y seguro de sí mismo—, con los limones grandes y amarillos que sembramos en nuestra tierra.

Esto decía mientras lo escrutaba con la mirada y mamá recogía la mesa. El clima fue distendido, ya que Salvatore, pasados algunos minutos, les había encantado con un verboágil y educado. Ricardo, mi único hermano, dos años menor que yo, no tardó en tomarle confianza y en poco tiempo ya le estaba llamando cuñado.

—Y prepárate —le advirtió—, que a las siete iremos a la pizzería. Todos los amigos de Dani te darán la bienvenida.

Al llegar, como era de esperarse, mis amigos también se emocionaron. Todos excepto Manuel, mi mejor amigo. Sentado entre codo y codo, mantuvo una postura de reserva durante toda la velada, un estado de vigilia constante que incluso llegó a intrigarme. Era mi hermano Almico, mi hermano del corazón; su opinión terminaba de darles a mis decisiones cierta oficialidad. Intuí el significado de su silencio. Pero la noche siguió y, con ella, mi vida.

La gran advertencia

Durante aquellos días disfruté presentarle la casa a Salvatore y los lugares donde había vivido esos veintiún años. En mi interior, lo tomé como una revisita muy personal, porque de cierta forma me estaba narrando. Las tazas se llenaban de café y anécdotas, y saqué de cada lugar un esplendor cotidiano, como si sacara el polvo de mi propia infancia.

Mis padres lo asumieron enseguida como un hijo más. Cuando mis familiares vinieron a casa para conocerlo, mamá expresó con un visible tono de pundonor:

—¡Entren para que conozcan al novio de Dani! Mi tío, en un momento, preguntó:

—¿Para cuándo la fecha de matrimonio?

Nosotros nos miramos y, sin tener una idea clara, Salvatorese adelantó en la respuesta.

—Muy pronto.

Su rostro se iluminó y yo me apegué a esa extraña luz de dulce futuro. Era natural mi felicidad; lo es cuando una familia responde a nuestra venidera unión de buena gana. Uno siente que participan del amor y lo celebran. Y lo vi como una señal positiva. Excepto en la actitud distante de mi *nonna*, que miraba la situación en silencio desde su mueble eléctrico.

Apenas pude, le interrogué:

—*Nonna*, ¿está todo bien? No dices nada. ¿No estás alegre?

—Acompáñame un momento al cuarto. —fue

lo que me dijo.

Se excusó porque se sentía cansada y necesitaba dormir. Lasujeté de los hombros para ayudarla a caminar. Dejé a Salvatore en la sala hablando con mis tíos sobre sus negocios en Milán. Cuando la ayudé a meterse en la cama, me pasó su rosario que enseguida coloqué en la mesa de noche. Le di un beso en la frente y la cubrí con las sábanas, pero ella me tomó de la mano y la apretó con fuerza. Solía hacerlo cuando estaba a punto de dejarme alguna advertencia. Nos miramos y, de inmediato, comencé a temblar.

¿Era bueno o malo? ¿Qué quería decirme? Sentí algo extraño en mi corazón, el miedo arropaba mi cuerpo cual viento frío, tanto era así que temblaba sin poder explicarlas sensaciones que emanaban de mi interior. Aquella situación fue algo de pocos minutos, pero, para mí, duró horas, como si el tiempo se hubiese parado cuando su mirada penetró en la mía. Intenté zafarme de sus manos, pero ella me señaló con un movimiento de quijada su viejo armario. Fui hasta él y, cuando lo abrí, me sorprendió un paisaje íntimo. Eran mis muñecas, con vestidos tejidos por ella y peinadas a la perfección. Sentí que apenas pocas horas antes había abandonado mi niñez; no pude evitar recordar la forma en que mi *nonna* ataviaba mis muñecas con tejidos al crochet.

Ese *flashback* que se desarrollaba en mi mente, en ese instante, le puso un sello de lo que fue mi infancia feliz, pero detrás de todo eso entendí que había otro mensaje quequería comunicarme, su mirada lo decía. Me dispuse a salirde su habitación despacio, pero angustiada porque conocía su don natural de prever acontecimientos futuros; aquel mensaje que intentaba comunicarme era difuso, sentía en mi corazón que algo importante me tenía que decir. Me detuve junto a la puerta, la miré de nuevo; ella, en su cama,no me quitaba los ojos de encima. Y fue en ese mismo instante cuando le pregunté con voz fuerte:

—Abuela, ¿qué te pareció mi novio? —En el fondo solo trataba de disimular aquello que pasó en ese breve momento.

Su respuesta iba a ser fulminante. Estaba a punto de recibirlo que mis oídos no querían escuchar, aquella gran advertencia. Sin titubear y con su sabia voz me respondió:

—Tiene aroma de vagabundo.

Mis pensamientos

No solo las palabras de mi *nonna* marcaron el paréntesis de una profunda inquietud sobre mi futuro, sino también otra advertencia que llegó a casa días después, envuelta en papel color lila, acompañada de tres monedas de cobre de cinco centésimas. Se trataba de una tarjeta que expresaba claramente: «Daniela Sorrentino, has comprado tu infelicidad». Quien lo recibió fue mi amiga Anna, que estaba en casa ayudando con los preparativos de la fiesta. Leímos el mensaje bajo el efecto de una desagradable sorpresa, nos quedamos descifrando aquellas palabras como queriendo sacar todos sus significados. Decidimos que se lo llevara a su casa y se deshiciera de él. Es lo que suele hacer uno cuando la vida te va dejando señales: destruirlas, restarles importancia.

De igual forma, mi matrimonio se había puesto en marcha. Una *nonna* y una tarjeta no serían suficientes para anular aquella decisión. Nos casamos. Mi padre, como es costumbre, me entregó a los brazos de Salvatore. Después de la ceremonia de la iglesia, nos fuimos todos en caravanaa la recepción de la boda, de modo que las bocinas de los carros taparon todas mis inquietudes y reflejaron la coreografía de mi felicidad. Saludábamos a quienes nos veían por las calles de camino a la villa donde sería la fiesta y, en algunos lugares, aprovechamos para hacernos fotos. Era lo más cerca que había estado de mi propio principado, ese momento estelar con el que soñamos muchas mujeres en el que, como muy pocos acontecimientos en la vida, se da cabida a la belleza, la magia y el respeto social.

Habían decorado el restaurante con cientos de rosas blancas, hasta la superficie de la piscina estaba salpicada de velas y rosas. Todos mis invitados lucían elegantes, con sus mejores trajes y zapatos. En el ambiente se respiraba un clima festivo que nos contagiaba a todos. Mis amigos estaban hermosos. Llegamos tomados de las manos. Los veía a mi alrededor aplaudiendo con mucha emoción. Así entramos al salón para brindar y disponernos a almorzar.El chef era el mejor de la villa, también me conocía y era allegado a mi familia. Como en toda boda italiana que se precie, el menú casamentero era extenso y variado; ocupó, sin exagerar, casi catorce platos que vinieron a consumirse al finalizar la tarde. Recuerdo que nos tenían preparado un abreboca de diferentes entradillas, con jamones, quesos italianos y ensalada de gambas. Después, para comenzar a desajustar cinturones, una *crêpe* de salmón y *rigattoni* en salsa picante. Las mesas servidas a jarros llenos siempre han hablado de la abundancia, de manera que aquel guion de sabores marinos terminó con el pez espada ansiado por todos. Cuando el pianista dejó de tocar la entradilla de Mozart y se sumaron la guitarra y la batería, dejamos enfriar el servicio y nos paramos a bailar todos con todos, muertos de risa.

En algún momento me sentí extraña. Es que ya no éramos los mismos niños que celebrábamos el fin de año escolar y nuestras tremenduras. Cuando jugábamos en la arena, nos metíamos en la playa para quitárnosla entre risas, mientras los gritos de abuela y de las madres de mis amigos se escuchaban lejanos, por el ruido de las olas del mar y el viento todo quedaba en el pasado. Era mi boda. Habíapasado el tiempo, habíamos crecido.

—Eres toda una mujer —me repetía Manuel mientras me daba vueltas por toda la pista.

Pero fue en esas vueltas cuando vi por primera vez a aquella mujer. Por instinto, detuve mi risa, la algarabía dela gente me permitió detallarla mejor. Se encontraba en el ángulo del pasillo que conducía al baño, ataviada con un vestido negro que caía hasta sus rodillas. Terminaba su atuendo con medias negras, zapatos rojos y un sombrero de tour del mismo color. Era una mujer con una seguridad en sí misma que llamó mi atención. Desde luego, no se hallaba en la lista de mis invitados, y de inmediato su presencia me perturbó. Giré una vez más, pero sin quitar la mirada de aquella mujer al estilo de una viuda espectral. Intenté ver su rostro, pero su sombrero y la sombra que este proyectaba lo ocultaban de mí. Entonces solté la mano de Manuel que, aunque me sostenía fuerte para no caerme en los giros, no pudo sujetarme más. Salí corriendo a buscar a Salvatore, mareada por los giros y el bullicio, caminaba sosteniéndome de los muros y las sillas. Salvatore venía del baño de caballeros, por el jardín. Lo tomé de la mano y le dije:

—¡Ven, debo mostrarte algo! —Lo llevé de la mano mientras le contaba lo que vi, pero, cuando llegamos, la dama había desaparecido.

—¡*Amore,* la champaña te hace ver cosas! —dijo, en definitiva.

Yo me quedé pensando por un momento en su respuesta, hasta que fuimos interrumpidos por el fotógrafo y una lluvia de *flashes* cayó sobre nosotros. Finalmente llegó el momento de partir. Él había bebido mucho.

—Yo puedo manejar de regreso al hotel —le sugerí.

—Tengo todo bajo control —respondió—. Además, el hotel está a solo diez minutos.

Confiando en sus palabras, acepté. Sin embargo, cuando empezó a manejar, noté que conducía muy rápido. Le pedí que disminuyera la velocidad, pero hizo caso omiso a mi indicación. De pronto, un animal que no pudimos identificar por la oscuridad y la neblina de la noche se atravesó en nuestro camino. A duras penas Salvatore logró esquivarlo. Después de un brusco frenazo, se detuvo a orillas de la carretera oscura y, repentinamente, comenzó a gritarme.

—¡Por tu culpa, Dani Sorrentino, por tu culpa casi nos matamos! —Aquello fue inesperado. Rugió tan fuerte que se escucharon los ecos en la montaña de la calle que llevaal hotel y luego me zamarreó con mucha fuerza.

—¿Qué haces, Salvatore? ¡Me haces daño! —le grité.

Era otro hombre, ya no el Salvatore dulce y respetuoso de días atrás. Confundida, solo alcancé a pedirle disculpas, entre mi asombro y mi terror.

La situación no merecía ni siquiera la mitad de su ira. Luego agregó estas palabras:

—Te mereces una buena paliza, casi haces que nos matemos. —Me soltó, enfurecido.

Después de un instante, encendió el vehículo y seguimos nuestro camino sin pronunciar una sola palabra.

Al llegar al hotel, pidió la llave de la habitación. Entramos y se quitó la ropa en silencio. Luego, se tiró en la cama. Enmenos de dos minutos se había dormido. Yo me quedé despierta y con un extraño sentimiento de culpa y confusión. Me quité el vestido con una incipiente tristeza. Era mi primera noche con el hombre que había elegido como esposo y eran mis propias manos las que me despojaban del vestido nácar, sin ojos testigos de mi cuerpo virginal. Me puse el pijama y me acomodé a sulado llorando en silencio. Me quedé dormida hasta las diez de la mañana del día siguiente, cuando me desperté por los gritos que venían de los jardines del hotel. Eran todos mis amigos que gritaban nuestros nombres para despertarnos.

Yo escuchaba sus risas y carcajadas, entonces me levanté de un solo golpe. Corrí hacia la puerta corrediza del balcónde la habitación y observé la presencia de todos ellos, que habían amanecido en la fiesta y de allí fueron a encontrarnos de nuevo. Querían despedirse porque ese mismo día partiríamos a Milán a comenzar una nueva vida.

Mi primera complicidad con mi verdugo

Salvatore despertó desconcertado, tal vez inconsciente de lo que había sucedido. Le bastó mirar los indicios de lo que fue, precisamente la noche de miel para caer en la cuenta de su actitud. Ansioso, desde el balcón de la habitación, corroboró la presencia de mis amigos.

—No digas nada de lo que pasó —me

suplicó sujetando mis manos con las

suyas. Luego las besó, y yo lo asumí

como un gesto de disculpas.

Nos vestimos y bajamos abrazados a saludar a los chicos.

Con una amplia sonrisa, Salvatore declaró lo bien que la habíamos pasado y resaltó lo afortunado que se sentía de haberse casado con «la mujer más hermosa del mundo». Mis amigas le pidieron que me cuidara.

—La amamos —dijeron.

Él asintió con la cabeza y aseguró que a eso dedicaría su vida.

Abordamos el vehículo entre despedidas, risas y besos; luego pasamos a casa de mis padres. Mientras me despedía de ellos, no pude evitar los ojos grandes, intensos y azules de mi *nonna*, Inmaculada Sorrentino, sabia premonitora; mi gran consejera.

—Dios te cuide, mi niña —me dijo, moviendo el rosario en sus manos.

Su voz tenía algo escondido, detrás de esa bendición había una especie de alarma y de rendición a mi propia historia. En ese momento solo pude pedirle a Dios que mi *nonna* estuviera equivocada, aunque la noche anterior había visto las primeras señales de mi futuro.

Nada que hacer. Partimos y desde la ventanilla miré que dejaba atrás mi pueblo, mi gente, mis mejores recuerdos. Sentí una nostalgia profunda y empecé a llorar en silencio. Me perdí en el paisaje, hasta que la voz de Salvatore me trajo al momento presente.

—Tranquila, *amore*, lo de anoche fue por el susto —dijo
—. Pensé que nos mataríamos y me puse nervioso, por eso mi reacción. Debes perdonarme, ya verás que no volverá a suceder.

Contemplaba el paisaje mientras seguíamos viajando. Cuando pasábamos por el puerto de la ciudad de Salerno, nuestra provincia, observé aquellos barcos. Abrí el vidrio de la puerta del auto mientras acomodaba mi cabeza en ella mirando por el retrovisor de la puerta. El viento levantó mi cabello de tonos marrones. El espejo me devolvió mis ojos azules, iguales a los de mi *nonna*. Al ver los barcos parados en aquel puerto, me vi reflejada en uno de ellos. En mi mente afirmaba estas palabras: «Nuestros destinos serán siempre inciertos mientras transcurre la vida; así como los barcos que navegan por el mar, nunca sentirán seguridad hasta llegar a su puerto». Y me hice la siguiente pregunta: ¿cuál sería mi puerto en ese viaje que estaba realizando hacia mi barco llamado matrimonio? Todo era desconocido e incierto, porque comenzar una nueva vida me creaba una gran inseguridad, sobre todo, miedo, al no saber qué vendría después. Cuando se está en esa situación no sabes descifrar tus emociones, no sabes si eres feliz o infeliz. En mi caso, partía desde aquel puerto, dejando atrás mi gente, conduciéndome por ese mar de vida que me esperaba para comenzar una convivencia con el hombre que amaba y que había elegido como esposo.

La convivencia es la parte más importante en la vida de pareja y es necesario romper con los estereotipos y moldes conductuales que traemos de nuestra vida precedente para poder construir nuestro hogar, porque cuando uno se casa comprende que en realidad no conoce lo suficiente a la pareja, aun cuando la relación de noviazgo haya durado mucho tiempo. Solo bajo el mismo techo es cuando realmente pueden conocerse; encontramos allí detalles que jamás se muestran en ese estado de ensoñación que es el noviazgo.

Esto lo entendería minutos después, cuando Salvatore se desvió de la ruta para mostrarme un hermoso pueblo queyo nunca había conocido a pesar de que pertenecía a mi provincia. Se trataba de Vietri Sul Mar, un municipio que forma parte de Salerno en la región de Campania. Bordeamos la costa Amalfitana y enseguida nos embelesaron todos los azules posibles de Vietri, elevada cual maravilla de la arquitectura, entre una amable cadena de pedruscos color ocre. Salvatore aparcó el auto y enseguida comenzamos un recorrido hechizante, marcado sobre todo por un mar entre cerúleo y verde esmeralda. Hicimos el paseo a placer, caminamos de la mano con una altura justa de recién casados, y ese hecho de estrenar mi estado civil en un lugar como aquel me prodigaba una felicidad ignota. Así andorreamos un buen rato por lascalles y edificios de Vietri, robustecidos con azulejos pintados como por manos de gente eterna, de gente que no tiene prisa de vivir. Porque a Vietri la hermosean dos paisajes, el marino y el paisaje detallista de sus cerámicas; si algún pintor en esa zona nos hubiese observado, hubiese pintado en aquellas un «amor perfecto en cerámicas». Entrábamos en una y otra tiendita con la misma admiraciónpor los platos, estatuillas, tazas, ¡y yo lo quería todo! Fueen una de estas donde compramos nuestra primera vajilla.

—Con estos platos fundaremos nuestra casa —dijo Salvatore mientras una señora envolvía las piezas en el papel film alveolar, lo que uno llama plástico de burbujitas.

Aquellos lindos platos coronaron la torre de mi entusiasmo, y de esa misma manera atravesamos callejuelas, nos tomamos fotos ante la fachada de la archicofradía de la Anunciada y del Rosario, en la iglesia yen otros huequitos del siglo XVII.

Ya, antes de partir, nos acercamos al mar. Corrimos a él como niños, entre risas y besos. Salvatore me abrazó y susurró palabras dulces. A lo lejos, nos miraban las cúpulas de la iglesia San Juan Bautista.

—Seremos muy felices, ya lo verás —me dijo—. Te amo con todo mi ser.

Hubiera podido seguir entonando promesas si no hubiese sido interrumpido por el repique de su teléfono. Él no respondió en el momento y continuó su monólogo. Me dijotantas cosas. Pero el teléfono sonó de nuevo.

—Contesta —intervine.

Esa vez respondió, pero se alejó unos pasos. Me advirtió que era un cliente. Mientras tanto, me senté en la arena, pero el viento trajo hasta mí una voz femenina del auricular. Giré en su dirección. Vi que gesticulaba e iba de un lado a otro, enfadado. Y regresó irritado.

—¿Quién era? —le pregunté—. ¿Pasó algo?

Se limitó a decir que se trataba de un cliente fastidioso que insistía en llevarle el carro al taller aun cuando le explicaba que se encontraba de vacaciones. Después de unos momentos, seguimos nuestro viaje. Yo iba en silencio, mientras él ponía una música en la radio suficientemente alta como para evitar conversación. En mi mente revoloteaba todo lo que había vivido en tan solo horas de casarme con el hombre que amaba y un cerro de preguntas en mi cabeza me daba vueltas, primero recordando el susurro de mi *nonna* que me había sonado a advertencia, cuando lo vio por primera vez. Segundo, la misteriosa tarjeta que llegó a casa, y tercero, aquella extraña mujer vestida de negro que me miraba bailar. A todo esto, se le sumaba como una incógnita la reciente llamada telefónica de una mujer a quien él acababa de llamar cliente fastidioso. El viaje fue en silencio de allí en más, hasta llegar a mi nueva casa de Milán.

Casa de Milán, cuatro meses de matrimonio

Nuestra vida de recién casados era como la de una pareja longeva. Parecía que lleváramos tiempo así. Siempre pensé que sería como la de novios, de visitas inesperadas y el corazón emocionado por los chocolates en la cama, regalos y salidas románticas los fines de semana. Pero no, no fue así, el panorama era distinto, cosa que no podía entender, como si hubiese logrado una breve meta, como si hubiese dicho «ya obtuve lo que quería, ahora puedo estar tranquila». De cuando en cuando le hacía preguntas que terminaban molestándolo. De dónde había salido esa frialdad conmigo, en qué momento nos había caído encima la vida de una pareja de cinco años de matrimonio. Le repetía:

—Somos recién casados.

—Es que tengo mucho trabajo atrasado y debo entregar varios carros, hay clientes que esperan.

Así conocí un sinfín de excusas, de toda naturaleza. Ciertamente tenía mucho trabajo en el taller, pero eso no ledebía impedir sacar tiempo para compartirlo conmigo; sololo veía en horas del almuerzo. Mi soledad, lo que pronto vicomo abandono, era algo que me mortificaba, sin embargo, lo entendía o, quizás, lo justificaba. Grave error.

Cuando la madre de Salvatore murió y su padre se casó con otra mujer, su tío lo acogió para ayudarlo, hasta que logró independizarse. A los dieciocho años fue seleccionado en el servicio militar, actividad que luegoabandonó. Nunca me contó los motivos de su deserción, siempre evadió ese tema. Luego se mudó a Milán. Así fue como abrió su propio negocio del taller mecánico, ayudado por su hermana, que vivía en Estados Unidos con su esposo e hijos. La relación con su familia era muy distante,por lo que yo nunca tuve un acercamiento con ellos, no tenía ni sus teléfonos. Para mi abuela, este hecho de no ser educado por sus padres era motivo de crítica. Siempre me decía: «Dani, la educación viene en bandeja de oro cuando se logra impartirla en familia; con la ausencia de esto, se corre el riesgo de que sea la calle la que te eduque». No obstante, yo no compartía ese enfoque con mi abuela, porque fue así su destino, muy distinto al mío, disfruté siempre a mis padres y a mi familia y pude ser educada porellos.

Un día, mientras preparaba el almuerzo, escuché unos gritos fuertes que venían del taller. Recordé la llamada misteriosa en la orilla del mar de Vietri Sul Mar, pero esta vez, sin lugar a dudas, sí pude escuchar la voz con mayor claridad, pues los gritos venían del taller, ubicado en la planta baja de la casa. Allí confirmé con mayor firmezaque se trataba de la voz de una mujer alterada; seguidamente, oí la puerta de un vehículo cerrarse de golpe y el chillido de las ruedas emprendiendo una partida apresurada. En ese momento, bajé las escaleras para ver de qué se trataba todo aquello. Allí fue cuando escuché que Salvatore también salió con prisa en su carro. Su taller tenía la puerta grande cerrada y, como de costumbre, solo se escuchaba la música de la radio. Tomé el teléfono y comencé a llamarlo. La primera vez repicaba y no respondió, al cabo de unos intentos más, el teléfono ya se encontraba apagado. Me sobrecogió la angustia. Dejé de cocinar y salí de la casa, pero solo veía los carros pasar, nunca el suyo. Entonces subí al cuarto luego de unos minutos, pero los minutos se convirtieron en horas. La noche cayó y, con ella, el aumento de mis nervios, desvelándome con tantos pensamientos y preguntas que no me dejaban dormir. No lograba entender qué sucedió. Luego me asaltó la preocupación de que algo le hubiese pasado y yo no tenía ni siquiera el teléfono de algún familiar suyo a quien llamar.

En ese preciso momento, recordando a la abuela y sus sabias palabras, me senté en la cama y respiré profundo. Entendí que, cuando se está en esta situación de angustia, las preocupaciones comienzan por la cantidad de ideas negativas que atraviesan tu mente, las cuales debes apartar,para no creer en todo lo que te dicen. Logré controlarme sola en aquella habitación. Si mi cama matrimonial, siempre arreglada y fría, hubiese hablado en ese momento, hubiera dicho que no era matrimonial, sino una cama que dos amigos escogieron para dormir y pasar la noche; eso parecía mi cama tan solo a unos meses de estar casados. Me arrodillé después de abrir la ventana de mi cuarto y miraba el firmamento jurando en ese instante que mi único compañero era ese cielo cubierto de estrellas. Imploré a lo más alto diciendo: «Jesús, ayúdame».

En ese momento, algo extraño sucedió, mientras implorabaa Dios vi el rostro de Jesús en su máxima expresión por la ventana, pero de inmediato lo dejé de observar cuando del clóset cayó mi maleta. La tenía guardada en lo alto. El sonido fue estruendoso, lo que me hizo voltear. Una figura negra salía del cuarto a una velocidad que me hizo levantarbruscamente, pero mis piernas no tenían fuerza para correr,pues de tanto tiempo estando arrodillada se habíandormido. Podía escuchar a los perros ladrando. Con dificultad logré llegar a la sala, la figura había desaparecido. La puerta de la entrada se encontraba cerrada, pero la de la cocina que se comunicaba con el balcón de estar se hallaba abierta. Supuse que los perros también la vieron pasar y que huyó por ese lado. Pudo haber tomado dirección hacia las urbanizaciones ubicadas detrás de casa. En ese momento crucial de mi vida aseguré algo: esa noche pude ver a Dios, pero también al diablo.

Volví a mirar al cielo desde la ventana. Su rostro era ausencia. Solo quedaba el centenar de estrellas estampadas en el firmamento, siendo testigos de lo que pasó en ese instante. Una gran paz y seguridad de que Dios estaba a mi lado me invadieron. Fuera cual fuera mi vida, en ese camino en el que estaba andando, Dios me acompañaría, eso sentí. Decidí entonces acostarme. Me quedé dormida profundamente. Me desperté cuando sentí el carro de Salvatore llegar. Encendí la luz de la habitación para esperarlo y contarle mi desvelo, de lo cual me arrepentí, porque al verme despierta y esperándolo profirió:

—¿Qué haces despierta a esta hora? —Altanero y molesto me miró.

Ese fue su saludo después de llegar casi a las 4:30 de la mañana, sin explicación.

—Esperándote —le respondí con un tono amable y suave
—, estaba preocupada.

—Tranquila, mujer. Estoy bien —dijo mirándome a los ojos—. Es que tuve que irme de urgencia para arreglar el carro de un cliente que se quedó accidentado en la autopista y salí de inmediato, no pensé que me llevaría tanto tiempo, encima, se me descargó el celular.

Sus palabras no mitigaban mi curiosidad y repliqué:

—Yo sentí los gritos de una mujer que venían del taller.

Le conté todo lo que escuché, lo de las puertas y el chillidode las ruedas del auto.

—Son ideas tuyas —profirió nuevamente, pero esa vezlevantó la voz—, son paranoias tuyas

—gritó luego—. Eres una desconsiderada. Me asfixias con mil preguntas.

Yo me quedé en silencio recordando la noche en que íbamos al hotel cuando se transformó en un hombre agresivo. Sus gritos fueron un recordatorio. Entonces, decidí dejarlo tranquilo para no provocar más discusión. Preferí no contarle lo que había visto en casa. Decidí guardar silencio, así que me acomodé en la cama, a su lado. Pasados cinco minutos, ya se escuchaba su ronquido y aquella cama llamada matrimonial se sentía, una vez más, gigante para mí, con el llanto trancado en mi garganta, ya que no podía gritar mi gran dolor. Habría sido mejor dormir en el suelo, creo que allí me hubiese sentido más cómoda.

Callada

«Si alguna vez te toca estar callada, que sea para encontrarte a ti misma y en el silencio de tus pensamientos. Verás cómo estos hablarán por ti».

Mary Jeanne Sánchez

Mi vida se estaba tornando algo extraña, escuchaba y veía cosas, pero cuando buscaba una explicación no la conseguía, así que terminé por estar callada y dedicarme al hogar. Mantenía el orden como una perfecta ama de casa. En medio de aquella situación me di cuenta de que estaba perdiendo mi sonrisa y mi personalidad alegre y comencé a adoptar una que no era la mía, taciturna, silenciosa, conformista.

Estar callada y dejar de preguntar para buscar respuestas estaban dando vida a otra Daniela. Una mujer pasiva que veía la evidencia de los hechos y que aun así había decidido pactar con el silencio y aceptar esa recurrente afirmación: «No es así. No has visto nada. Estás viendo y escuchando cosas que no son». Cada día que pasaba, esas palabras tomaban dominio de mi espíritu haciéndome perder la confianza en mí misma.

«Es uno de los factores que debilitan la mente, porque corremos el riesgo de pasar a un mundo que te pintan decolores, cuando tú tienes la capacidad de ver y percibirel mundo y sus cosas tal como son, entrando en un estado constante de conflicto, confusión y angustia».

Una mañana de tantas en la que me había puesto apreparar almuerzo, me hallé de nuevo ante la propia soledad.

—¿Puedes ayudarme con el pollo?

—le pedí—. Está muy congelado, es solo picarlo.

—Lo siento, Dani, tengo trabajo. Tienes que aprender a picar un simple pollo — me respondió, así sin más.

Tras su respuesta, me dispuse a hacerlo. Me enredé en la cocina, la hora, los vegetales, me resbalé con la piel del pollo y el cuchillo no dudó en dejar una cortadura en mi mano. Sujeté rápidamente una servilleta que estaba a mi alcance y apreté con fuerza para detener el sangrado.

Me sentía entre la espada y la pared, con una opresión en el pecho. Así que tomé el teléfono y llamé a casa con la intención de contar todo lo que me estaba pasando. Después de tres repiques, escuché la voz de mi madre, quien, con mucha alegría, respondió al reconocerme:

—Dani, hija, cuánto me alegra que estés bien, Salvatorenos llamó hace un par de días, nos ha contado lo feliz que se siente de tenerte como esposa, cuán orgullosoestá de ti, lo felices que son juntos y lo bien que marcha todo.

De pronto, oí la voz de papá que interrumpía eufórico laconversación con mamá:

—Ya nos ha dado la buena noticia de que en diciembre vendrán a pasar toda la navidad con nosotros.

Al notar que ellos estaban felices, me encontré afirmando todas esas mentiras, pero las lágrimas escapaban silenciosas por mis mejillas, mientras tomabala silla para sentarme exclamando con un tono de voz más apacible para disimular mis tribulaciones.

—Claro, papá, claro que sí —mentí—. Los visitaremos, somos muy felices.

Limpié las lágrimas con mi otra mano, con la servilleta llena de sangre que hacía unos minutos había dejado doblada en la mesa. De pronto me encontraba secando mis lágrimas con mi propia sangre. Corté la comunicación. Después de despedirme de ellos, me di cuenta del daño grande que estaba causando, pues era cómplice de toda esa falsedad. En diciembre no iríamos, lo sabía, como también era mentira la supuesta felicidad que este hombre decía que teníamos juntos. Aquella amabilidad y su interés en mí habían desaparecido, también su amor desde el momento en que nos casamos. Recuerdo que, en una de nuestras pocas conversaciones cuando lográbamos almorzar juntos, me dijo que no haría viajes en diciembre porque ese mes trabajaría fuerte para poder pagar varias deudas; las mismas que anularon mi luna de miel prometida antes de casarnos.

Ese día me despedí de mis padres en aquella llamada telefónica bendiciéndolos y prometiendo llamar al día siguiente, cosa que no sabía si sería capaz de hacer, ya que no quería que mi familia se alimentara de mi falsa felicidad y, sobre todo, porque no quería hacerles daño,

¿quién lo querría? Son mis padres y con esa manera de pensar yo solo me limitaba a llamarlos, es decir, yo misma construí una distancia entre nosotros prefiriendo no comunicarme salvo en ocasiones especiales, un cumpleaños, por ejemplo. Así, mantuve la falsedad del feliz matrimonio.

No podía encontrarme a mí misma. La angustia me dominaba impidiendo que mi mente reflexionara o dijera: «Daniela, qué mal te haces»; callé todas mis voces sanadoras, mis voces de alerta, mis viejas sabias interiores, pues aquella Daniela Sorrentino, el Sol del Sur, seguía llenando su vida de tormentos.

Salvatore Sebastiano, el hombre con quien me casé estando extremadamente enamorada, se esforzaba en aparentar una realidad inexistente y yo, sin darme cuenta, había caído en su trampa al entrar en un juego dementiras. Él ni siquiera notaba mi respiración gracias a mi maldito silencio. Estar así, callada, lo único que generaba era convertirme en su cómplice. Otro error, porque, al hacerlo, nos volvemos los fabricantes de nuestra propia destrucción.

Permanecer en silencio

«La vida siempre te ofrecerá oportunidades para identificarte contigo misma. Búscate en cada situación que se te presente, ya sea para mejorar o para conocerte mejor; no lo dejes pasar porque es el único salvavidas que tienes para transitar en ella».

Mary Jeanne Sánchez

Cada vez más optaba por el silencio, no el de la serenidad y la autocontemplación, sino ese silencio que me hundía en mi infierno personal, que no me permitía reaccionar ante un cúmulo de cosas que cada día se hacían más frecuentes en mi vida, conduciéndome a una muerte espiritual segura.

Una mañana sentí la necesidad de hacerlo diferente. Decidí ir en bicicleta al mercado, entonces le advertí a Salvatore desde el balcón, antes de salir, que regresaría dentro de algunas horas. Él se asomó y solo me aconsejó que tuviera cuidado porque por la avenida pasaban muchos vehículos a alta velocidad que no respetaban a los ciclistas. Me acomodé el casco y pensé en lo ambiguo que él era, porque preocuparse por mí no era natural. Se me escapó una sonrisa irónica y a este pensamiento se unió otro: «Obvio que le importo, si muero, ¿a quién le contará sus mentiras?». Pedaleaba con fuerza mientras recordaba cuando era niña y jugaba con Anna, siempre mi mejor amiga. Los sábados montábamos bicicleta retándonos la una a la otra para ver quién llegaba primero al supermercado y luego tomábamos el mejor helado. Pero esta vez era distinto, estaba sola, con la brisa acariciándome el rostro y mis mejores recuerdos de la infancia. Al llegar al supermercado descendí de la bici, le coloqué la cadena ysentí la mirada de quienes estaban allí, como si meconocieran, me seguían con sus ojos. Me puse nerviosa y olvidé lo que debía comprar; comencé a deambular por los pasillos, los sentía murmurar. Alcancé a escuchar:

—Es la esposa del mecánico Salvatore.

—¡Ah, sí! Es muy joven y linda.

—Dicen que viene del sur.

—Ese zángano la fue a buscar lejos porque las de aquí ya lo conocen.

Esto último, acompañado de las risas de aquellas mujeres, que murmuraban sin ninguna educación, hizo que se me cayera la botella de aceite de oliva de las manos. La cajera amablemente me dijo que no me preocupara porque Salvatore tenía crédito en el negocio y ella lo anotaría en su cuenta. La miré entre confundida y agradecida, le dije que tenía el dinero y le pagaría enseguida. Me sonrió, no sé si por malicia o ingenuidad, luego dijo mientras metía el dinero en la caja:

—Ah, esto no se lo anoto. —Luego agregó, al darme el vuelto—: Es que normalmente, cuando Tibisay viene, siempre debo incluir todo en la lista de crédito de él.

Esas palabras marcaron mi vida. Imagino que mi rostro delató el asombro y la impotencia que manifesté con mi habitual silencio. Ante situaciones como estas, me hundía más y más en mi infierno personal.

Salí del negocio y tomé mi bicicleta para regresar a casa; ya no me acompañaban mis recuerdos de niña, solo me retumbaba en mi cabeza el nombre de Tibisay. ¿Quién era esa mujer y por qué jamás Salvatore la había mencionado?

Continué pedaleando con mayor fuerza, pero al hacerlo, enun momento, sentí el ruido de un auto que venía muydeprisa. Cuando se acercó a mí, disminuyó la velocidad.

Mientras me sobrepasaba pude ver a la persona que lo conducía. Mi sorpresa fue que quien estaba al volante era la mujer vestida de negro, la misma que vi en la fiesta de mi matrimonio. Luego, aumentó la velocidad. El color del carro era plateado, pero del susto ni siquiera pude ver la marca. Frené mi bicicleta para observarlo mejor, pero se perdió a gran velocidad a lo largo de la carretera. Esta era la segunda vez que veía a esa mujer y su apariencia tan particular. En ese momento, recordé las palabras de Salvatore en la fiesta de mi matrimonio cuando la vi por primera vez, en las que me decía que lo que yo había visto era efecto del champaña y que por eso percibía cosas extrañas. Ahora me doy cuenta de que yo estaba muy consciente de lo que había notado esa noche.

Llegué a casa. Salvatore no estaba, como de costumbre. Él solía salir para donde fuera sin comunicarme en dónde estaba. Quise llamarlo al celular y contarle todo lo que había pasado, pero preferí, una vez más, seguir en mi maldito silencio. Sin embargo, no veía la hora depreguntarle quién era la fulana Tibisay.

¿Quién es Tibisay?

«Ningún alma muda puede escapar con vida del oído del mundo, porque, cuando no lo haces con tu boca, son tus señales y gestos los que expresan la ausencia de esas palabras».

Mary Jeanne Sánchez

Un sábado: hora del almuerzo.

Mi cotidianidad se volvía el arte de sortear la incertidumbre día tras día. Vivía bajo la sombra de un enigma que jamás habría imaginado. Era un rompecabezas cuya pieza principal la representaba un hombre de quien solo conocía nombre y apellido y, sin embargo, ya no estaba tan segura ni siquiera de eso. El resto de las partes de ese rompecabezas me eran ajenas, de modo que no podía componer la imagen verdadera del hombre que undía me enamoró entre chocolates, flores y palabras de amor, hasta llevarme al altar, donde supe aceptar la promesa de amor: «hasta que la muerte nos separé». A propósito de esta proclama, debo decir que nunca antes me detuve a analizarla, tuve que ahondar en su significado y en la afirmación de que solo la muerte podía separarnos; y ahora, más que una proclama de amor, me suena a una condena. Entonces me pregunto: ¿a dónde fueron a parar esas promesas? No sé por qué, pero siempre recordaré la mirada del sacerdote, el padre de la iglesia del pueblo, cuando nos casamos. Es que antes de casarnos me diotantos consejos... Tal vez con esa mirada me estaba preguntando si estaba segura de casarme y de aceptar esa sentencia.

Ese sábado me levanté de la mesa mientras almorzábamos y, rompiendo el silencio habitual, me escuché decirle enfadada:

—Salvatore, tú mientes, mientes siempre.

—¿Qué estás diciendo, Daniela? —respondió sobresaltado

—. ¿Qué mentira te he dicho, a ver?

Sin premeditarlo siquiera, alcé la voz como nunca antes lo había hecho.

—¿Quién es Tibisay? La mujer que va al supermercado y deja sus compras en tu lista de crédito.

—¿Qué dices, mujer? —respondió confundido

—. ¿De dónde sacas esta locura? No

conozco ninguna Tibisay, estás

equivocada. ¿Quién tedijo eso?

—La cajera del supermercado —le respondí asecas.

Le conté, entonces, todo lo acontecido aquel día que fui de compras, pero no pude hablarle de la mujer de negro de la carretera porque se enfureció tanto que tiró los platos al suelo, recriminándome y prohibiéndome salir alguna otra vez para traer «malditos chismes»; decía que estaban arruinando nuestro matrimonio. Salió batiendo la puerta, semontó en su carro y se fue.

Quedé en el comedor estupefacta una vez más, todo por hablar y querer armar una pieza del rompecabezas. Me quedé con los platos rotos en el suelo, los mismos platos dela vajilla que me había obsequiado en Vietri Sul Mar el díaque nos vinimos; recordé su cara sonriente diciendo que sería para comer juntos y felices todos los días de nuestras vidas.

Fue entonces cuando me reproché por haber hablado, llenándome de culpa. Me encerré en mi habitación, que se estaba convirtiendo poco a poco en mi mundo. Una cueva creada en mi mente para mantenerme alejada de mi entorno.

Esto de encerrarme era grave, pero lo peor era considerarlocomo la mejor forma de dejar que el mundo escuchara, pormis señales y gestos, cómo mi corazón sangraba.

El peor conviviente

No encontraba respuesta a lo que estaba viviendo, mi presente era como una fábula mal contada. Mis días comenzaban con angustias y terminaban de la misma forma. Mi silencio iba en aumento y creo que a su máxima escala. En aquella época solo me revivían mis recuerdos y, en ellos, mi *nonna*; era algo que me tranquilizaba, losrecuerdos tenían el mismo efecto de un té relajante que unobebe cuando hay mucho estrés.

Mi *nonna* también tenía una marca en su corazón. Ella sufrió por culpa de un hombre, aunque la vida la trató mal desde pequeña: La muerte de su padre en la Segunda Guerra hizo que luchara junto a su madre y sus tres hermanos mayores cuando apenas tenía cuatro años. Trabajaban muy duro para sobrevivir y, siendo muy joven, se casó con un hombre mayor que ella. Un día decidió abandonarlo; hablo de mi *nonno*, el padre de mi padre, cuya separación se concretó cuando

Carmine Sorrentino tendría tres años. Era un hombre abusivo y violento. Cuenta la *nonna* que la imagen que presentaba mi abuelo fuera de casa era la de un hombre íntegro y bien educado, pero puertas adentro, era distinto, faltaba a todo eso; era como decir oscuridad en casa y luz en la calle. ¡Qué cinismo! Quizás esa experiencia fue la que le hizo reconocer a Salvatore desde el primer momento en que lo vio dejando su advertencia en mi mente.

La *nonna*, junto a su madre, recorrió muchos caminos del sur para llegar a refugiarse en la provincia de Salerno. Cuentan que siempre que le preguntaban por el marido decía con el buen humor y la sonrisa que la caracterizaban:

«Es mejor sola que mal acompañada». Sin embargo, salió triunfante gracias a su fe, por eso ella era mi ejemplo, mi maestra, nuestra consejera familiar. Tenía una figura esbelta y ojos profundos color azul, como el cielo de nuestra bella Italia, y su larga cabellera de pelos rizados, tostados por el fuerte sol de Salerno. Muchos en el pueblo me hablaban de mi parecido a ella y eso me enorgullecía, pues para mí lo era todo. Una mujer impecable e inteligente, a pesar de que no fue a la escuela. Le gustaba que yo le enseñara a escribir su nombre y no me importaba arrancar miles de hojas de mi cuaderno con tal de lograr que ella lo escribiera, pero su nombre también lo dejóescrito en mi corazón; así era Inmaculada Sorrentino, quizás, otro sol del sur.

Eso solo lo sabía aquella brisa de los veranos de agosto, cuando recogía las uvas y los rojos tomates con los que preparaba salsas caseras exquisitas, acompañadas del vinotinto que decoraba la sala de almuerzo, donde nuestros familiares eran invitados a comer los domingos. Todosesperaban los ricos *fusilli* hechos en casa de la *nonna*.

¿Cómo no recordarla en aquel infierno que estaba viviendo mientras miraba desde el balcón de la cocina las grandes montañas que rodeaban la casa, fuera de la ciudad? La extrañaba demasiado y más en aquel momento. Ella siempre fue mi socorro cuando era pequeña, primero por mis extrañas pesadillas, que sufría en los inviernos debidoa que, cuando jugaba en el patio, me encontraba con algún animal extraño. Yo me quedaba paralizada ante lo desconocido, el miedo me dejaba atónita. Un día llegó a miauxilio porque se dio cuenta de que yo no emitía sonido alguno mientras jugaba. Me tomó fuerte de la mano y me dijo: «Dani, no te paralices ante el miedo, eso no te ayuda aactuar, tienes que buscar una solución, está dentro de ti. Para sobrevivir ante cualquier ataque y salir triunfante,debes ser fuerte». Fue en ese momento cuando, tocando micorazón, vi que tenía un gran miedo sobre la situación de parálisis que me estaba generando mi matrimonio.

«El miedo es el peor conviviente en esta situación de vejación y violencia. Variedad de encuestas arrojan un datointeresante, que muchas mujeres no denuncian a sus cónyuges por diversos miedos; unas por temor a no ser creídas, otras por no querer perder a sus hijos, otras por vergüenza, o por su estatus laboral y social, y algunas para no perjudicar a su agresor, su compañero». En mi caso, no decir nada o no denunciarlo era por miedo a que este me agrediera más fuerte y a que no me creyeran; también me daba mucha pena que mis familiares se enteraran de que suDaniela, la joven de sueños y sonrisa de sol, estaba afrontando en su vida una batalla que no se logra exterminar así nomás, porque será tu cuna, tu casa, tueducación y los grandes valores inculcados los queacabarán con ese flagelo. Es que la buena educación es unafuente que se toma en casa, no en la calle ni en las escuelas: «Es allí donde llevamos lo que hemos aprendido, no al revés».

Yo era una víctima de violencia de género: uno de los más graves problemas de la sociedad en el mundo entero. Teníamucho miedo y no me daba cuenta de que lo único que ganaba con no denunciar, era favorecer a mi agresor, llevándome a un deterioro mental y disminuyendo en mí la capacidad de razonar y de tomar una pronta decisión, para buscar una salida ante este problema que iba cada día en aumento.

En ese entorno también había otro factor que no sabía identificar muy bien y eran las frecuentes apariciones de la mujer vestida de negro. A su vez revivían aquellas pesadillas de niña y, cuando se lo contaba a Salvatore, me decía que yo estaba loca, que no podía ser, que las malditaspesadillas que tuve desde pequeña ahora estaban haciendo efecto, que seguía con ese trauma y que yo no estaba bien de la cabeza. Con ese comportamiento machista, intransigente y violento, me lo gritaba una y otra vez, provocando en mí un aumento de miedo y silencio.

A pesar de todo lo que vivía, tenía la esperanza de que mi *nonna*, Inmaculada Sorrentino, tuviera mi nombre en sus oraciones que cada noche imploraba al cielo antes de ir a dormir. Mi corazón me aseguraba que ella no se quedaría dormida hasta pedirle a Dios por mi protección.

A veces, miraba por la ventana de mi habitación donde había visto el rostro de Jesús y oraba para pedirle alas para volar hacia donde estaba ella y tomarla de la mano, apretarla, para que ella sintiera mi miedo, ya que mis palabras me faltaban. Juntas, tal vez, encontraríamos una solución.

«Si le pido las alas a la aurora para irme a la otra

orilladel mar, también allá tu mano me conduce

y me tienetomando tu derecha».

Salmo 139 v9

Deterioro mental

«Si logras dominar las emociones ante cualquier situación, que son nuestras herramientas fundamentales para fabricar la felicidad, estarás superando con éxito la misión de cada día. Así nadie te dominará».

Mary Jeanne Sánchez

Un viernes: invitación a cenar.

Todo aquello que vivía abrió mucho espacio para que Salvatore ejerciera todo su dominio sobre mí, con sus gritos y su personalidad machista.

Un viernes, recibimos la invitación para ir a una cena con unos amigos. Eso me alegró mucho, pues siempre estaba en casa haciendo los deberes de esposa, sin salir al menos una vez al mes a divertirme o distraerme.

Recuerdo que, cuando me entregó la tarjeta, me la arrojó casi en la cara.

—Te preparas para mañana, tenemos una cena —profirió mientras la invitación caía en mis manos.

Yo la abrí y vi algo muy lindo escrito en el sobre quedecía: «Para la feliz pareja de casados»; firmaba Sebastiano - Sorrentino. Me ilusioné al leer, en ese momento, «pareja feliz».

Que otros vieran en nosotros eso me hacía creerlo y me ilusionaba, aunque fuera por pocos minutos, ya que larealidad era otra.

El sábado empecé a arreglarme desde temprano. Me peiné, me maquillé, me puse mis tacones y un vestido verde ajustado a la cintura. Cuando me miré al espejo pude apreciar mis formas aún sutiles y sexys. El color de mis ojos resaltaba por el color de mi vestido. Me sentía hermosa y llena de esperanza. Me regalé una sonrisa, de esas que te hacen creer en ti misma, la misma que enseguida se esfumó cuando noté la presencia de Salvatore, quien había entrado silencioso al cuarto.

—¡Daniela, por favor! Ese vestido no te queda bien, estás demasiado delgada — dijo, y luego con una sonrisa maliciosa agregó—: Pareces un grillo.

Sus palabras me paralizaron. Al verme de nuevo al espejo, me pareció horrible el vestido y me sentí fea, pero, cuando comencé a desabotonarme para cambiármelo, con su voz autoritaria me advirtió que estábamos retrasados y nos estaban esperando, entonces no tuve más alternativa que salir llena de vergüenza y disgusto.

Como era costumbre, siempre que estábamos en compañía de otras personas, se mostraba educado y amable, como lo habría hecho mi *nonno* hace tanto tiempo. Me servía el vino, por ejemplo, pero sus atenciones conmigo seatenuaron apenas llegó una prima de nuestros amigos, a quien comenzó a halagar frente a mis ojos.

—¿Ves, Dani Sorrentino? Esa señorita sí que es bonita — me susurró al oído—; no como tú que estás flaca y ya nadate queda bien.

Simplemente le pedí un poco de respeto y él alzó la voz para decir a sus amigos que yo estaba celosa de la joven.

A partir de allí se generó una escena que no había ni remotamente imaginado, comenzó a compararme con la muchacha haciendo énfasis en mi delgadez excesiva y deterioro; no contento con eso, entre carcajadas e intervalos para tomar vino, siguió con sus ofensas, esta vezrefiriéndose a mis padres, decía que los pobres me habían enviado a la ciudad a estudiar para que obtuviera mi título, pero mi falta de inteligencia no me había permitido culminar mis estudios y eso les causó una gran frustración por no compensar sus sacrificios; que había tenido suerte de encontrarlo a él, quien se hizo cargo de mí, porque a la época era hermosa y la belleza mata a la inteligencia. Le gritó al grupo que él estaba pasando un mal momento a mi lado, pues yo tenía problemas en mi cabeza, que desde pequeña veía una mujer vestida de negro y que me perseguía, creándome un gran problema mental, que había estado en control psicológico y creado un caos en toda mi familia.

La tensión se expandió por todos los presentes en la mesa. Me observaban mientras yo bajaba la cabeza, llena de vergüenza. Por fortuna, su amigo Alfonso intervino tomándolo del brazo y llevándolo afuera. Me levanté para abandonar la mesa antes de sucumbir en lágrimas. La esposa de Alfonso apoyó su mano sobre mi hombro y, a baja voz, con un tono compasivo e indignado, me dijo:

—Lo siento, Daniela, seguro que ha bebido de más.

Apenas atravesé la puerta y abandoné el lugar, se me salieron las lágrimas. Avancé hasta llegar al estacionamiento donde estaba el carro. Allí estuve hasta que él llegó, encendió el vehículo y nos retiramos de la cena. En el camino manejaba en silencio, mientras yo seguía llorando.

Una de sus manos sujetó las mías.

—Tranquila, mujer —dijo mirando a la carretera; luego se estiró hasta darme un beso, de esos que Judas le ofreció a Jesús—, no volverá a ocurrir.

Lo peor de todo es que yo lo aceptaba, porque en definitiva así se traducía mi vida en aquel barco llamado matrimonio, «dejar hacer, dejar pasar», entre golpes y caricias.

¡Qué tremendo error! No me daba cuenta de lo que estaba alimentando.

88

Mediocridad

Desde esa noche comencé a rechazarme. Asumía lo que dijera Salvatore entre risas desparpajadas como unaverdad. Comencé a sentirme fea y, a su vez, poco inteligente por haber abandonado mis estudios. Dentro de mí se afirmaban sus argumentos y le daba la razón. Todo lo que pasaba era por mi culpa. Descuidé totalmente mi apariencia física, ya no me vestía como antes, solo me la pasaba limpiando, lavando y manteniendo toda su ropalimpia y perfumada. A veces, pensaba en mis padres, pero, con solo saber que Salvatore ese terreno lo tenía ganado al fingir un matrimonio feliz, no me motivaba llamarlos y buscar su apoyo. Ni siquiera quería hablar con mi *nonna* y decirle que tenía razón, que mi marido tenía aroma devagabundo. Yo no me daba cuenta de que había entrado enun bucle de complejos de inferioridad, me sentía una persona de menor valor que las demás. A eso se le sumaba un valor agregado, las continuas apariciones de aquella mujer vestida de negro «producto de mi imaginación» y que él negaba ver, aunque pasara frente a nuestros ojos.

Por ejemplo, como pasó ese sábado cuando regresábamos de aquella cena, la mujer se nos cruzó a una cuadra de llegar a nuestra casa. Yo, al verla, limpié rápido mis lágrimas, pues tenía allí de frente la prueba de que no eran visiones mías.

—¿Viste, Salvatore? —le dije mientras la señalaba frente anosotros—, es la mujer que me persigue.

—Yo no he visto nada —me respondió después de detenerel auto, luego me miró a los ojos— . ¿Te das cuenta, Daniela Sorrentino, de que lo que acabode decir de ti en la reunión es verdad? Estás viendo cosas,
¡admítelo de una vez, allí no hay nadie!

No me quedó hacer otra cosa que aceptarlo. Porque yo estaba sola con mis «visiones», no tenía testigos, puesto que mi sola palabra había perdido valor ante mí, ante él.

Asumí, entonces, toda la culpa. Con eso ya tenía más razones para echar mi ánimo por el piso. Siempre hablaba de mi demencia, de ver cosas ilusorias entrando en mi mente como el veneno de una cobra. Por sus continuas ofensas, su arrogancia y sus consecutivos actos de discriminación, mi deterioro mental parecía crecer y, a su vez, disminuir mi capacidad de resiliencia. Me sentía frustrada, lo cual no me permitía avanzar. Era como estar sometida y bajo la suela de sus zapatos, y estar bajo lospies de un hombre no es la gloria.

Estaba parada, quizás, en una de las plataformas más complejas de la psicología, lo llaman el síndrome de Estocolmo. Consiste en que una persona se identifique con su agresor, niega todo lo que acontece, soporta día tras día con pequeños estímulos que al final de cuentas deterioran su salud mental. De esta manera, me apegaba cada vez más a él. Mi raciocinio se pulverizaba ante cada situación. Mi agresor me colocaba la soga al cuello y yo me dejaba asfixiar... ¿Era masoquismo? ¿Mi dolor se convertía en placer? «Te odio por todo lo que me haces, pero te amo».

Yo gozaba con mis situaciones desagradables, el dominio que ejercía Salvatore en mí. Sus constantes humillaciones, al final, me agradaban porque, después de sus duros golpes bajos, venía de nuevo a mí, pidiéndome perdón, abrazándome y besándome y yo lo aceptaba, pero no me daba cuenta de que así este tipo de personas sustituyen el amor, el verdadero amor, por machucones. Te da igual observar los moretones en tu alma, con tus ojos hinchados de tanto llorar en la cama y haciendo el amor con una sombra. Aquí solo estaba ayudando a un objetivo: pertenecer a la gran estadística de mujeres que corren el riesgo de ser maltratadas, golpeadas y hasta asesinadas por su pareja.

Muerte de mi *Nonna*, pero no de su advertencia

Un día, debido a mi decaimiento físico y constantes mareos, fui al médico de mi familia. Después de una serie de análisis, me notificó la grata noticia de que estaba embarazada. Aquella novedad abrió la puerta de laesperanza. Era como haber encontrado la fórmula mágica para lograr el matrimonio feliz. Pensé que un hijo podría saldar la brecha que nos separaba, que un hijo podría tapar o resolver «nuestros problemas».

A Salvatore la noticia le dio mucha alegría, pero también lecayó de sorpresa, y le pidió al doctor repetir los análisis delembarazo no una, sino dos veces, para estar seguro. Aquella persona había cambiado completamente su comportamiento conmigo, tratando de eliminar mi angustia, porque no sabía hasta cuándo podía continuar consu maltrato. Confiaba que la noticia podía hacerle cambiar.

Por otro lado, noté que la persecución de la mujer de negro era menos frecuente, no la veía aparecer en mi ventana ni tampoco cuando salía al mercado. Eso me ayudó mucho a estar más serena y disfrutar la emoción de tener un bebé en mi vientre.

La noticia voló a gran velocidad. Mi familia estaba feliz. Mis padres nos invitaron a pasar con ellos los días de Pascua. Vivir aquel momento, la alegría de ser mamá, me revitalizó; eso para mí cambiaba todo el negro panorama. Por su parte, Salvatore aceptaba el embarazo de una manera que yo consideraba feliz, pero notaba algo extraño: estaba muy pensativo y algo nervioso.

—Salvatore, ¿qué pasa? ¿No te gusta la idea de tener un hijo? —le pregunté cierto día.

—Siento algo extraño —me respondió a secas, pero con una sonrisa, luego se levantó de la silla y se fue a su taller.

No podía descifrar su actitud, era como querer y no querer algo.

Sin embargo, aquella alegría que invadía todos mis sentidos no me permitía añadir más pensamientos. Así le gustara o no la idea de ser papá, yo vivía feliz aquel momento. Me tocaba la barriga y duraba rato con mi mano en mi vientre para sentirlo. Me emocionaba tanto tener unavida dentro de mí. Aún conservaba mi autoestima por el piso, pero esto me ayudaba a levantar cabeza; me decía a mí misma: «Esto puedes hacerlo».

Compré los hilos en el mercado para tejerle sus primeros calcetines, poniendo aquí todas las enseñanzas de abuela cuando me enseñaba a tejer vestidos para mis muñecas. Ibaa tejer para mi hija o hijo, así que elegí el mejor hilo, con mi color preferido, blanco. Ya quería hacerle sus mantas, gorros, camisitas y, en verdad, no me preguntaba si sería hembra o varón. Esto no era tan importante como el saber que un hijo cambiaría mi rumbo y el de aquel barco llamado matrimonio, para sobrevivir la tempestad.

Mientras tanto en nuestra casa se respiraba otro ambiente, la paz que un niño puede traer a este mundo. Salvatore y yo nos prometimos arreglar toda nuestra situación. Era como remendar el agujero por donde había entrado toda el agua que estaba haciendo que nuestro barco se hundiera.

Organizamos nuestro viaje a mi pueblo para celebrar las pascuas. Ya tenía dos meses de embarazo. Todos nos esperaban muy alegres, se notó cuando entramos al pueblo. Nuestros conocidos nos saludaban emocionados y, para mi familia, nuestra presencia era toda una fiesta.

Mis padres estaban orgullosos de vernos, pero no aquella mujer rica en sabiduría y de grandes consejos. Con sus setenta y ocho años cumplidos, no la engañaba nadie, con sus ojos podía hablar, aunque su enfermedad no dejara a suboca hacerlo. Al verme, ella estiró su mano para tocarme cuando me acerqué a su silla. Con su mirada me hacía sentir que buscaba una respuesta en la mía y que su advertencia se había verificado. Lo noté en el temblor de sus manos blancas y casi marchitas, cuando, tomando las mías, comenzó a apretarlas fuertemente, como aquellos tiempos de niña y adolescente. Allí, nuestras miradas se volvieron a cruzar, yo la esquivé bajando mi cabeza ytratando de disimular, pero aun así le respondía. En ese momento, llevé sus manos a mi vientre, para que entendiera que esto sería la salvación de aquel mal; nuestrohijo llegaría para dar oxígeno a nuestras vidas.

Pero eso no fue lo que noté en su mirada, porque entre pestañadas y pestañadas volví a ver reflejadas las palabras de advertencia: «Tiene aroma de vagabundo», acompañadas con lágrimas en sus ojos, las mismas quetuve que secar con la manga de mi camisa para que nadie notara su llanto. Era inevitable dejar de sentir la conexión entre nosotras. Todas esas emociones en nuestros corazones que hablaban a través de nuestras miradas y nuestros apretones de manos, lo recuerdo como si fuera ayer.

Esa fue la última vez que la vi, porque, después de tres meses de nuestro encuentro, ella partió a un lugar mejor, dejando sus oraciones recopiladas en mi mente, más aún,su advertencia

Mayo, tres Meses de embarazo

Una mañana, cuando planchaba y acomodaba la ropa de Salvatore, cayó una carta del bolsillo de su camisa. Pensando que era algo importante, la tomé. Me llenó de curiosidad y leí las palabras que a puño y letra estaban estampadas: «Salvatore, yo te amaré por siempre y si no eres para mí, tampoco lo serás para ella». Firmada con aquel famoso nombre que, cuando lo pronuncié por primera vez, hizo que dejara de existir mi mejor vajilla artesanal. El nombre Tibisay volvía a manifestarse en mi vida, pero esta vez no por boca de una cajera de supermercado, sino en una nota escrita dejada en el bolsillo de su camisa. Eso me dejó atónita. Recordé aquella discusión cuando mi esposo negaba todo, argumentando que solo eran chismes de terceros y que lo hacían para desestabilizar nuestro matrimonio. Sin embargo, allí en ese corto papel estaba mi respuesta. Al fin, la vida me estaba dando una pieza para armar el rompecabezas. No esperé más y, teniendo una prueba en mis manos, bajé al taller, sin importarme que estuviese con un cliente.

—¿Ahora sí tienes respuesta de esto? —le dije mientras le pasaba el papel.

Al terminar de leerlo, me sujetó de los brazos con fuerza para adentrarme en la casa y me obligó a subir rápido por las escaleras, mientras yo le suplicaba que me soltara puesto que me estaba haciendo daño. Hizo caso omiso a mis palabras, no le importaron mis tres meses de embarazo. Abrió la puerta de la casa y me empujó con violencia. Yo caí al suelo recibiendo un golpe en la cabeza. Allí, perdí mi conciencia. Cuando desperté estaba en una cama, en el hospital. Tenía una venda enrollada en micabeza, a mi lado estaba él, angustiado. Observé todo el lugar.

—¿Qué fue lo que me pasó? —le pregunté un tanto desconcertada. Él estaba compungido, me miró y lo lanzó así sin más.

—Dani, perdimos al bebé.

Al recibir la noticia, me toqué el vientre. En efecto, lo sentívacío. Traté de levantarme, pero él, con su mano, me lo impidió. No recordaba nada de lo que había pasado.

— ¿Qué dices? ¿Cómo es que llegué aquí?

—Todo fue por una caída en el baño —mintió aprovechándose de mi falta de memoria—, te caíste por salir corriendo, tú que siempre ves a esa mujer vestida de negro.

Te resbalaste en el piso húmedo. El golpe que te diste desprendió al bebé de tu vientre — contó mientras yobuscaba con mis manos a un ser que ya no estaba en mí—. Tuvieron que intervenirte.

Instantes después comprobé que tenía vendas en mis partes para detener el sangrado. No podía creer que mi máxima ilusión se convertía en una partícula viajando al infinito. Mi mundo se desmoronaba.

—No puede ser... —dije.

—Todo por tu culpa, Dani, solo por tu culpa —repetía una y otra vez mientras caminaba a los pies de mi cama de un lado al otro.

Yo estaba en shock. No entendía ni recordaba qué había pasado, solo lloraba sin moverme mucho, me dolía todo el cuerpo. En ese momento llegaron mis padres. Él, al verlos entrar, se quedó en silencio, pero de inmediato comenzó el teatro de su hipocresía. Los abrazó llorando como un niño manipulador. Con el llanto en su expresión, repetía:

«¡Perdimos a nuestro bebé!».

Mi madre, al verme allí, en esa cama del hospital, se acercó y me dio un beso en las manos.

—Hija, lo siento mucho...

—No recuerdo nada, ma —le confesé. Ella me abrazó y, mientras me hacía la cruz en la frente, reveló lo que Salvatore le había contado por teléfono cuando les dio la noticia:

—Resbalaste en el baño y caíste. Recibiste un golpe muy fuerte en la cabeza.

Al escuchar a mi madre, me parecía que me contaba una película; no estaba clara la escena, no recordaba nada, pero algo en mí no creía una palabra de lo que decía Salvatore.

—No, mamá, tiene que haber un error —le respondí. Salvatore, al ver mi actitud, intervino:

—No recuerdas nada —dijo mientras me tomaba de lamano—, pero fue así, yo estaba entrando en ese momento acasa para buscar un talonario de factura, porque se me había terminado y vi que saliste del baño gritando: «¡Allí está la mujer de negro!». Luego resbalaste y te golpeaste muy fuerte la cabeza. Yo en ese momento me asusté mucho y salí al salón para llamar a la ambulancia, pues mi celular lo había dejado en el taller. Luego te trajeron al hospital.

Yo, sin embargo, continué callada oyendo su versión. Mis lágrimas conducían mi angustia, mi soledad, mi pérdida. Llamaron, entonces, a la enfermera, que de inmediato me administró un sedante. Dormí por varias horas. Cuando desperté, se hallaba mi madre sentada a mi lado. Al verla allí triste, le volví a preguntar qué había pasado, pero una vez más tuvimos la misma conversación, era como si quisiera recordar a la fuerza lo que había pasado, me lo repetía una y otra vez.

—No, mamá, no fue así —proferí—. Fue Salvatore que me golpeó —afirmé, aunque solo eran conjeturas porque en realidad no me acordaba de nada. Sin embargo, no me creyó. Salvatore era un santo para ellos.

Al ver que no me creían, que ninguno creería, guardé silencio. Me sentí atrapada en mi propia situación, en la que mi falta de memoria solo beneficiaba a mi agresor y empeoraba mi sentimiento de desamparo. Allí en mi entorno, veía a mis padres con una actitud extraña, así como a las enfermeras y a los médicos; y es que Salvatore les había relatado en mi historia clínica que yo estaba obsesionada con una mujer vestida de negro que me perseguía a todas partes.

Para mayor tristeza, mis padres ayudaron en este relato; le contaron que en mi infancia tenía pesadillas con una mujer que, por cierto, encajaba perfectamente con el perfil descrito por mi esposo.

Aquella versión cobró todavía más fuerza la noche que, estando dormida en el hospital mientras me recuperaba, abrí los ojos y pude ver a la mujer vestida de negro parada detrás de la cortina transparente de la ventana de la habitación.

Desde luego, comencé a gritar, pero ella huyó por la puerta. Cuando llegó la enfermera, no había nadie, ella me aseguró que en el hospital había seguridad y que era imposible lo que yo contaba. Estaba perdida. Ante todos, yo era una mujer de dudosa salud mental, lo cual provocó que mi médico me asignara un doctor psiquiátrico.

Mi mundo se estaba volviendo una cueva donde el silencio, el miedo y un gran sentimiento de culpa me atormentaban.

Centro psiquiátrico. Cura

Junio.

A un mes de mi recuperación regresé a casa. Pero cuando llegué me esperaba una amarga sorpresa: Salvatore había firmado mi ingreso en el reparto de psiquiatría. Se supone que una mujer desestabilizada «como yo» debía recibir un tratamiento estricto y especializado. Según él, mi obsesión con la mujer de negro había mellado mi estabilidad mental y emocional. Pasé a ser una mujer con un severo trastornoy necesitaba recibir ayuda para superar de manera efectiva todos los males que había estado padeciendo «desde mi infancia». Así fue como quedé recluida en el centro psiquiátrico durante un tiempo y mi recuperación tomaría seis meses. Así fue también como todo lo que yo habíasido hasta entonces iba en direcciones opuestas a lo que yo esperé de mi propia vida. Se trataba de un final inesperado para mí, para mi familia, para mis amigos.

¿Quién era yo? ¿Cómo era posible que mi vida estuviera tomando ese curso? Me llené de preguntas que prefería dejar para mí. ¿Cómo podía ser posible que mi propiapareja confabulara para encerrarme? ¿Quién era Salvatore?

Por momentos llegué a sentir que los muros del institutome caerían encima, y que aquel maldito silencio de todo el cuerpo de especialistas, más los pacientes, tramaba un juego siniestro. Estaba profundamente paralizada por elmiedo y mi baja autoestima, a lo cual se sumaba otroproblema: mi memoria, aún no recordaba con exactitud lo que había pasado aquel sábado fatídico, solo tenía presente a la mujer que me perseguía. Era mi respuesta a las preguntas recurrentes de mi psiquiatra. Caminaba por los pasillos sujetando y apretando contra mi pecho loscalcetines blancos que había bordado para el bebé. Me aferraba a ellos como lo único santo de aquel lugar, un lugar despótico, antinatural, en el que los seres humanos experimentan la más terrible soledad. Sentía en mí una lucha que no terminaba. Llegué a pensar que lo que me pasaba era algo impuesto por mi conducta, que algo fallabaen mi mente y que Daniela Sorrentino, el Sol del Sur, estaba loca.

Me convertí en la espectadora de mi propio melodrama. Era como verme a mí misma personificando un papel demasiado extraño, como si interpretara un personaje dislocado, construido por algún escritor de ficción. Si yo le hubiera podido poner un nombre a la historia, sería *El marido bueno que se enamoró de una loca mujer quenunca superó sus traumas de infancia.* Ese hubiera sido el título de mi vida en aquel momento. El mundo se había confabulado para darle la razón a Salvatore de manera tan formidable que hasta yo le creí mi propia fatalidad.

Por supuesto, no pude integrarme en el grupo a las actividades que se realizaban, como juegos, pintura, cocina y teatro. Se supone que esas actividades estaban destinadas al recupero de mi paz mental, a la búsqueda de nuevos mecanismos de expresión, a la consolidación de mi unidad y la calma que yo merecía. Pero siempre me aislaba, nada de lo que hacía terminaba interesándome, de modo que me abría del grupo y buscaba en mi soledad las respuestas que no tenía a mano. Hasta que llegaba mi enfermera, una mujer especial de nombre Eleanora Manzo. Fue una fortuna conocerla en el momento más oscuro de mi vida, la recuerdo como una mujer extraordinaria, de carácter dulce y afectivo. Me ayudaba para integrarme a los grupos y mientras lo hacía me hablaba de su vida, sin importarle que yo estuviese perdida en mi mundo.

En una ocasión me trajo al presente, cuando tocó mis mejillas y me dijo:

—Daniela, sé que tú me escuchas. —Me invitó a sentarme con ella en las sillas ubicadas en el parque del psiquiátrico

—. Aunque no me contestes, te hablaré —agregó—. Cuando yo era chica, hubo una época en la que siempre que mi padre volvía tarde, de noche, llegaba ebrio. Loprimero que hacía era darnos una paliza a mi hermana y a mí, ella en ese entonces tenía once años, es dos años menorque yo, pero ¿sabes? La que siempre terminaba más perjudicada era mi madre, que forcejeaba para calmar a mi padre y resultaba golpeada en el suelo. No lo denunciábamos por miedo.

Dentro de mi silencio, de mi mundo cerrado, me identifiqué con la historia de Eleonora. Me hacía recordarla violencia generada por el hombre que yo amaba.

—Luego se quedaba dormido —continuó la enfermera— como si nada hubiera pasado; sus ronquidos y ese olor a alcohol que se impregnaba en toda la casa me hacían vomitar —alegó con lágrimas en los ojos.

Estas últimas palabras me trajeron de mi letargo. Fue entonces cuando pude levantar la vista y verla llorisquear, mientras imaginaba su dura infancia. De inmediato volarona mi mente las palabras de mi *nonna,* como aves mensajeras: «Aroma de vagabundo». La miré a los ojos y con voz tímida le dije no una ni dos, sino tres veces, esas palabras de mi abuela. Ella, al notar que yo por primera vez pronunciaba una palabra, me abrazó fuerte y me respondió:

—Sí, Daniela, mi padre tenía aroma de vagabundo.

Luego me tomó de la mano y me llevó a la sala de actividades múltiples donde el resto del grupo jugaba una ronda de póker. Creo que era la primera vez que me fijaba en ciertos detalles como, por ejemplo, en las facciones de los otros pacientes.

Vi rostros iguales que los míos, demacrados, sin alma, a quienes las enfermeras les servían en bandejas un vaso de agua y tranquilizantes. Una dieta diabólica, para adormecer nuestro espíritu. Ellos dependían de las píldoras tanto como yo. Iban de un lado a otro a través de los corredores largos, dando pasos en un suelo sinbrillo. En las paredes rebotaban sus gritos, por crisis nerviosas, algunos se asomaban a las colosales ventanaspor donde se filtraba esa luz vibrante de finales de primavera. Allí, en medio de todo, también se encontraba eclipsada Dani Sorrentino, el Sol del Sur. Su nombre igualmente se llenaba de historias diarias, sepultado por cientos de carpetas sobre los escritorios de las enfermeras, con vidas rotas iguales que la mía.

—¿Quieren sumarse? —nos preguntó la instructora.

—Claro... —respondió la enfermera—. Daniela y yo hemos conversado, creo que puede dar un paso importante hoy e incorporarse al juego.

Esa experiencia marcó la pauta de mi primer avance, porque por primera vez pude concentrarme en aquellas actividades y logré integrarme con los demás. Pero eso no fue lo más importante, sus enseñanzas sí lo fueron. Eleonora me hablaba de la importancia de Dios en su recuperación y de que, en momentos de crisis, él es una gran ayuda, repitiéndome que solo Dios era el que sanaba cualquier situación. A partir de ese día sus consejos marcaron mi vida y con ella aprendí a orar y a leer la palabra de Jesús. Así, me fui recuperando, poco a poco.

Desde entonces no volví a ver más a aquella mujer vestida de negro, pero aún no recordaba lo que había pasado aquel sábado cuando, por el accidente, perdí a mi hijo. Todavía guardaba silencio sobre mi tragedia familiar, sobre la violencia a la cual era sometida por mi marido, física y psicológicamente. Nadie sabía el derrame que tenía micorazón. Eso lo ocultaba o, al menos, eso intentaba. Solo Eleonora había intuido mi profunda realidad.

Fue a causa de todos esos nuevos componentes que mi recuperación se hizo notoria y me valieron la salida del centro. El día que me dieron el alta, mi esposo me esperó fuera como todo un caballero medieval falso. Me llevaría de regreso a casa, pero no para «ser tratada como unareina», como había dicho ante el médico y mi enfermera.

Perspectiva

Meses después...

Encontrar a Eleonora en aquella clínica fue muy importante en mi vida porque me enseñó a buscar a Dios, pero, cuando llegué a casa en Milán y vi que volvía a mi infierno, recordé todo lo que había pasado en aquel pasillo entre la cocina y el cuarto matrimonial, donde Salvatore me propinó ese tremendo golpe en la cara que, efectivamente, me hizo resbalar. Lo recordé todo, yo había limpiado el piso con abundante agua, acomodé y perfumé la casa, luego me puse a planchar y fue cuando encontré la nota en aquella maldita camisa.

Parada allí, en ese mismo sitio, recordé todo lo que había pasado aquel sábado negro, pero traté de disimular para que Salvatore no lo notara. Tenía miedo, pero esta vez era más intenso y, con este miedo, su amiga la angustia, en realidad no quería que algo peor me ocurriera. Analizándolo, creo que ya todo lo que vivía a su lado era suficiente.

Aquella situación me hizo caer de nuevo en depresión y volví a los ansiolíticos. Mi recuperación se iba por la borda, cada día me sentía peor, pues no me daba cuenta de que mi enemigo mayor era yo. No podía dominar todo lo que me encerraba en aquel laberinto sin salida, estaba convencida de que yo no valía ni un céntimo, de modo que el ciclo de baja autoestima se puso en marcha de nuevo como la enemiga principal que nos corroe en estos casos.

Observaba el comportamiento de mi esposo, pero en silencio llevaba mi carga. Esa maldita persecución de la mujer vestida de negro volvió a suceder, varias veces. A este punto no me reconocía; me preguntaba: «¿Será que siempre estuve loca o Salvatore Sebastiano me volvió loca?».

Era una mujer débil que había perdido su verdadero norte.

En aquella lucha de pensamientos recordé a mi psiquiatra y sus consejos: «Daniela, cuando te vengan a la mente todos esos pensamientos contaminantes debes rechazarlos para que no te concentres en ello. Tienes que ocupar tu mente en cosas útiles; te sugiero que busques hacer algo que te mantenga ocupada».

Me basé en esos consejos para idear un plan de trabajo en mi jardín con el fin de bajar con más frecuencia y mantenerme allí por varias horas, trabajando la tierra, deshierbando, preparando macetas. De ese modo, no pensaría en ese asunto que me perturbaba. Empecé a cultivar flores, como rosas, era algo que me gustaba hacer. Esto me ayudó mucho, porque allí encontraba paz y mi mente lograba desplazar todos esos pensamientos prisioneros. Me concentraba en limpiar la tierra quitando lahierba mala, cuidando mis flores. Las rosas blancas eran mis preferidas, las abonaba con tierra nueva y nutrida y luego las regaba con agua fresca. En aquella faena recordé a Eleonora, mi enfermera; ella me decía que su vida había florecido como una flor de loto, ya que tenía la particularidad de crecer en pantanos y lo mejor era que lo hacían sin llenarse de barro. Ella se representó en esa flor creada por Dios, porque allí estaba su enseñanza: poder florecer en medio de las dificultades.

Analizaba mi vida frente al jardín y con toda aquella reflexión de mi amiga comencé un monólogo; cuando arrancaba la mala hierba, decía en voz alta: «Arrancaré este sufrimiento, como a esta hierba cruel». También, cuando mezclaba la tierra con el abono nutriente:
«Nutriré a mi espíritu como a esta tierra».
También al regar: «Así como riego de agua fresca mis plantas, también regaré mi alma».

De esta forma, comencé a trabajar en mí cada día. Lo que no sabía era que aún me esperaban situaciones todavíainimaginables.

Espiritualidad

Un día, mientras limpiaba el terreno, como siempre, encontré allí una planta de granos. Al verla me llamó la atención. Exclamé: «¿¡Quién trajo ese grano a mi jardín, si solo cultivo rosas!?». Conservaba mi ingenuidad, como si aún fuera una niña. Aquella a la que le gustaba hablar con las plantas desde pequeña. «¿Cómo es que naces en mi jardín?», le pregunté. ¡Me recordó los granos que se siembran en Cicerale! Con una sonrisa la tomé de la tierra y la sembré en una bonita maceta de cerámica. Me gustó la idea de tener una planta de granos, así que la coloqué en lo alto de la medianera que dividía la casa, donde los rayos del sol la tocarían cada mañana. La dejé allí asoleándose.

Para mi sorpresa, varios días después, la encontré tirada en el suelo, con toda su tierra regada y el matero roto en cientos de pedazos. Estaba muerta. Observé los indicios de aquel hecho y no dudé en deducir que el causante había sido el pequeño gato de mi vecina, que siempre venía a mi jardín. Varias veces lo vi estropear mis plantas cuando saltaba el muro. Se veía indefenso, pero destruía todo a su paso. La tomé de nuevo. Para sembrarla, busqué otra maceta, pero en ese momento pasó algo en mí, sentí una rabia inconmensurable que me impulsó a arrojarla al suelo otra vez, pero con mucha más violencia. Luego empecé a gritar:

«¡Daniela, tú estás destruida, estás muerta, rota como esta planta y por culpa de Salvatore Sebastiano!», grité una y otra vez. Mis gritos se escucharon al otro lado de la casa y, cuando me di cuenta de ello, corrí a encerrarme en mi cuarto. Tirada en el suelo, apretaba la almohada contra mi rostro. Lloré sin consuelo, me di cuenta de mi situación y de todo lo que estaba viviendo. Esto es muy difícil de reconocer por quienes vivimos este tipo de violencia, pero me identifiqué con aquella macetita destruida, con mi primera gramínea sembrada y muerta, que de cierta forma me estaba mostrando mi personalidad ultrajada, violentada.

Lo que ocurrió enseguida no sabría cómo explicarlo. Tal vez fue ese estado de profunda desolación el que me llevó a buscar un cuaderno y un lápiz. Comencé a escribir sin detenerme demasiado en lo que iba garrapateando en las hojas. Me di cuenta de que escribir era mejor que llorar, fue como sacar un pensamiento de mi cabeza y, por fin, verlo a la cara. Entonces escribí mi primer poema; eran muchas cosas juntas presionando mi pecho, la muerte de mi *nonna*, de mi hijo, mi situación. Llené páginas enteras, como gritando, como llorando, salían palabras de todo tipo, escribía igual a una mujer que deja frases desesperadas en los muros de una cárcel.

Los árboles de mi

infanciadefraudados

bajo cuyas frondas prometí

gloriasme han dado la espalda.

(Nada crece, todo muere antes de nacer).

El sol sale tarde y se guarda

temprano,llena vasos de otras

mesas,

abre flores de otros jardines,

calienta camas de otros

esposos.

La mía,

la cama de una

locacon una luna,

un rosario

y un miedo.

(Crecer para esto: ser la burla de un espejo
sordomudo).

Tantas manos acariciando el

mundo,a una mujer, a un perro,

a un niño

y yo

venir a escoger

esas manos-

martillo,manos-

piedra.

¿Dónde estás, Sol del Sur?

¿En qué libro de infancia te

encerré?Era cierto,

papá, mamá,

hay un monstruo detrás de las cortinas.

Muchos poemas como estos nacieron aquel día en esas páginas. Desde entonces no paré de escribir. Parecía quemis manos aprendían a hablar.

Aquel devorador que estaba a mi lado, fingiendo ser misol, mi agua, mi respiración, ante los ojos de todos, había logrado que yo bajara la guardia, pisoteara mi autoestima, mi amor propio. Convirtió mi ser en algo menos que un cero, en un «no vales nada». La Daniela Sorrentino, el Sol del Sur, como me llamaban mis amigos por mi optimismo contagioso y mi fuerza inspiradora, había cambiado: cambió sus risas por llanto, su sol resplandeciente por lunas de noches oscuras y su gran optimismo por derrotas. Reconocerme ante aquella planta estrellada en el piso me permitió ver la realidad y, sobre todo, me di cuenta de que un espacio se abrió en mí, el cual permitió que entrara todoaquel mal que provocaban esas situaciones de violencia, todo por estar al lado de un hombre que no merecía mi amor. Yo permití que él tirara toda mi gracia, mi belleza, mi inteligencia y talentos por el suelo, donde una y otravez los limpiaba conmigo misma, cuando me tomaba por mi larga cabellera de rizos marrones con reflejos dorados y yo me sujetaba de su pierna para que el dolor no fuera tan fuerte, para luego dejarme tirada ardiendo de dolor. Ese día, en mi cuarto, con mi almohada abrazada, observé el espejo grande de mi habitación y me di cuenta de que ese espejo siempre me observaba, pero yo nunca lo hacía. Allí, por primera vez, vi la imagen de una Daniela sufrida. Quizás, también fui observada por todos los artículos de micasa; los muebles, los vasos, mis tenedores, las paredes color aceituna y mis cortinas blancas; ellos eran los testigos de mi dolor, mientras la nieve de aquellos inviernos infernales absorbía mis gritos. Para disimularlo, caía dejando su blancura en las calles, así nadie sospecharía lo que ocurría en aquel agonizante hogar.

Entendiendo todo, me levanté del suelo y con voz interior poderosa me dije: «Yo tengo que vivir». Con aquella seguridad que quizás se escuchó en el cielo y que, en forma de relámpago fulminante que cae en la tierra, me diouna respuesta, recuperé mi perspectiva, aquella que había perdido, como brújulas de barcos en altamar en medio de una tormenta.

Fue entonces allí cuando decidí buscar una salida, porque realmente Dios me estaba hablando o me había hablado, así como lo hizo a través de Eleonora, transmitiendo un mensaje de vida, para avanzar, para levantarme y resucitar.

Sentía que mi vida la estaba sincronizando, pero entendía que no era fácil, porque aquello que me esperaba era un peligro grave e inminente.

Búscate

Si miras al sol, búscate

Si miras las rosas,

búscate. Si miras al cielo,

búscate. Porque el

lenguaje de Dios estará

siempre hablándote, en

la creación de cada cosa,

para que te encuentres contigo

mismay en cualquier situación.

Sabrás, así, si tu brillo es como el del

sol,si tu perfume es como el de las

rosas

y si tu color es igual al color de un cielo azul.

Vía de escape

Tenía ya una idea clara, entendí que, desde el momento en que uno siente los latidos del corazón, hay que luchar por cada segundo en este tipo de conflictos y llenarse de mucho valor y fe.

Me dispuse a continuar mis estudios y en el amanecer del día siguiente, después de que Salvatore saliera a sus labores como de costumbre, entré a mi cuarto, me vestí elegante como lo hacía antes, recordando aquella Daniela que alegremente se arreglaba todas las mañanas para ir a la universidad y, mientras recordaba, tomé de mi armario mi blusa y pantalón preferidos, y volví mi mirada al espejo. Mirándome, sentí que el espejo me hablaba cuando no me ocultaba nada. Asumí mi realidad con valentía, porque era para mí una lucha y también un reto. No me importó que me mostrara a la actual Daniela: desaliñada, flaca, demacrada, en mi cara mis mejillas tocaban mis maxilares, mi nariz perfilada sobresalía aún más y mis ojos azules, que fueron siempre mi atractivo, con los que muchos se hipnotizaban, ya no tenían ese brillo encantador. Estaba tandelgada que con una mano podía rodear mis brazos, mis cabellos denotaban un rizado muy rebelde por no cuidarlos con atención, pero me ayudaban a disimular el cansancio que llevaba en mi rostro, de pasar tantas noches sin dormir. Mi blusa de seda me quedaba muy grande, así como mi pantalón, aun así, viendo mi estado, tomé mi cartera, las llaves de la casa y, con un poco de dinero que guardaba, me dispuse a salir de casa. Salvatore, para ese momento, se encontraba arreglando el motor de un vehículo, este tenía un sonido fuerte, el cual me permitió bajar la escalera y caminar hacia la parada del autobús. Mis tacones altos no se oyeron. Caminé como un fantasma por la casa. En la parada, un autobús esperaba llenarse de gente. No pude evitar las miradas de las personas que me conocían, quienes notaron mi cambio, mi elegancia no era casual.

Mi viaje proseguía a la ciudad de Milán. Cuidaba mi cabello del viento que entraba por la ventana, no quería llegar despeinada a la universidad, quería estar impecable como en aquella época de estudiante en la que siempre quería ser la mujer más elegante y bella. Cuando bajé del autobús, caminé varias cuadras para tomar el tren que me llevaría justo a la Facultad de Psicología.

Cuando llegué a la institución, mis ojos se desplazaron por todo el recinto de lo que había sido mi segunda casa después de salir de mi pueblo para estudiar. Miraba a los alumnos, unos hablaban en grupos en el cafetín y otros sentados en los jardines repasando algunas clases. Los miré y recordé aquellos momentos cuando estudiaba, con mirisa que contagiaba y podía transmitir mi alegría de aquellajoven del sur que, con su acento provinciano, había conquistado muchos amigos. Nunca imaginé que mi facultad fuera para mí tan importante. Lo noté allí, cuando vi que la había perdido al tomar la decisión de casarme, abandonando mi carrera y con ella a todos mis amigos. Aquellos amigos se encontraban en un nivel más avanzado, pues ya habían pasado dos años desde que dejé de estudiar.

Mientras pensaba en todo aquello sentada en el mismo sitiodonde me reunía con ellos antes de entrar a clase, fuisorprendida por una insistente voz que me llamaba. Cuando volteé para ver quién era, sentí una frescura incomparable en mi rostro, o tal vez fue como el de aquellas mañanas llenas de esperanza.

Cuando sientes que lo que pasa no es casualidad

«Cuando veas el amanecer
con los ojos de Dios, piensa
siempre que el día estará lleno
de oportunidades».

Mary Jeanne Sánchez

Mi profesor y director de cátedra de Psicología era quien me llamaba. Fue asignado como director después de que abandoné los estudios. Me levanté y lo saludé. Estaba muy contento, no podía dar crédito a mi nuevo ingreso. Yo había perdido toda comunicación con todos ellos, así lo había decidido desde que me casé.

— Oh, mujer, ¡qué te ha pasado! —me preguntó sin dar vueltas—. Estás demasiado delgada, ¿dónde has estado todo este tiempo?

Intenté disimular, con esa misma sonrisa que había venido mostrando estos últimos meses.

—Me casé con un hombre maravilloso —le respondí y luego agregué—, es por eso por lo que abandoné mi carrera, pero hoy vengo a retomarla. Mi marido me aconsejó hacerlo.

—Tu marido debe ser un hombre muy inteligente. Ha logrado que su esposa retome el sueño de siempre. —Me lanzó una sonrisa y luego continuó diciendo—: ¿Te acuerdas de que siempre me decías: «Profesor, ¿yo seréuna gran profesional, como lo es usted»?

—Sí, usted era mi ejemplo.

—¿Y qué pasó? ¿Ya no lo soy más? —respondió con toda su gracia.

—No quise decir eso, es que...

—Te estoy molestando.

Sonreí tímidamente, por dentro lo seguía soñando y sé queél lo sabía.

—Bienvenida —me dijo, y luego me dio un abrazofraternal—, retoma de nuevo tu camino.

Callada, sabía por dentro que no sería fácil, pero impedí que mi cuerpo denunciara mis angustias. Aparenté serenidad y felicidad, mientras sabía muy bien lo que me esperaba.

—Estoy decidida a continuar porque nunca es tarde para comenzar de nuevo —y lo dije en serio. Nunca voy aolvidar aquella firmeza que tenía en mi corazón cuando pronuncié esas palabras.

—No tengo dudas —me dijo—, no te preocupes, que yo tevoy a ayudar.

¿Tomamos un café?

Acepté de buena gana, como si debutara en mi interior una primera y pequeña libertad. Una vez en el cafetín, comenzó ahablarme de algo que marcaría mi vida.

—Comencé un proyecto —comentó— junto con varios profesionales, se trata de la creación de un recurso de prevención, asistencia y erradicación de la violencia contralas mujeres.

Quedé en blanco por un momento. No podía creer lo que acababa de escuchar. Al principio me sentí descubierta, como si todas las miradas se posaran sobre mí, como si hubiese sido muy obvio que era yo una mujer maltratada. Confundida e impresionada, me pareció de pronto que la vida me estaba dando una señal importante.

¿Qué significado tenía esa coincidencia?

—El fin es sostenerlas y ayudarlas —continuó el profesor

—, a través de un equipo de profesionales, y para esto nos serviremos de toda la red de Internet. Así lograremos asistirlas, ya que a muchas mujeres que viven esta situación se les hace muy difícil presentar denuncias por maltrato.

Mi interlocutor no imaginaba que, frente a sus ojos, la mujer que estaba tomando el café era una de ellas.

—¿Y cómo funcionaría? —pregunté tratando de ocultar mis tembleques, mientras sostenía la taza con ambas manos.

—Ya está funcionando, utilizamos las redes sociales para divulgarlo. La idea es que las mujeres que estén pasando por esto puedan comunicarse con nuestra web. ¿Sabes cómo se llama?

—No tengo idea —contesté a secas.

—Ángeles de la web contra la violencia de la mujer — respondió entusiasmado—. Una vez que entras en la web encuentras mucha información, como estadísticas, testimonios, objetivos y modalidades de acción. También aparecen los nombres de los colaboradores, a los que llamamos ángeles, para que las mujeres se puedan poner en contacto con ellos.

—¿No es peligroso para los colaboradores que figuren sus nombres?

—No, porque cada ángel puede tomar el nombre que quiera; tenemos a Gabriel, Rafael, Michel, entre otros. La persona que se contacta debe dejar sus datos y contar su situación, luego se toman todas las medidas necesarias para que sea asistida.

Mi profesor y actual director de la cátedra de la Facultad de Psicología, Emmanuel Cerruti, se había motivado a crear este proyecto para evitar que la estadística fuera cadadía en aumento, esa era su gran preocupación.

—Es increíble —me salió decir.

—Si no hay una buena intervención, en este caso, estas mujeres finalizan muertas —me dijo con certeza.

Mi corazón estaba a punto de salirse por mi boca, imaginé que yo podía ser una más en esas estadísticas y sin saber qué responder por todo lo que pasaba en ese momento solo me atreví a decirle con voz débil:

—Es difícil que una persona que vive esta situación lo reconozca, todo dependerá de si algún día puede reaccionar

—le dije con timidez.

Se quedó observándome después de mi pequeña intervención.

—Tienes mucha razón, mi futura psicóloga —me respondió con una sonrisa—. Siempre inteligente, DaniSorrentino. Sería muy bueno que tú también nos puedas ayudar ahora que retomas tus estudios, porque estamos organizando una conferencia aquí en la facultad. Asistirán varias mujeres que fueron captadas por estos ángeles de la web. Vamos a estar hablando de algo muy importante.

—Claro, profesor, será un placer —respondí de nuevoocultando mis emociones.

Aquellas palabras que pronunció tan con firmeza, «mujeres asesinadas», me perturbaron, pero disimulé cuanto pude mientras escribí en mis notas el nombre del sitio en Internet. Luego, me despedí mirando mi reloj, argumentando que era tarde y que mi esposo me esperaba.

Apreté su mano como símbolo de agradecimiento y abandoné el lugar sintiendo su mirada por detrás de mi espalda. Conociéndolo perfectamente, estaba segura de queél había notado algo extraño en mí.

Así me marché de aquel lugar, con las palabras de Emmanuel Cerruti en mi mente, con ese pensamiento caminé hacia la estación del tren y, mientras iba en camino, sentí el ruido de unos tacones detrás de mí que se mezclaban con el sonido de los míos. Me detuve y volteé para ver de quién se trataba. La mujer vestida de negro había vuelto.

145

Aceptar la demencia

Comencé a correr despavorida —lógicamente condificultad por mis tacones—, hasta alcanzar a un señor delante de mí. Llevaba una maleta de mano. Muy asustada le llegué por detrás diciendo:

—Señor, por favor, ayúdeme. Alguien me persigue. —Sentí que mi corazón iba a explotar.

El hombre se detuvo, me miró y yo le indiqué hacia el lugar donde estaba la mujer. Estaba detenida, viéndonos. Por primera vez logré detallarla, su vestido tenía mangas largas y lo llevaba pegado a la cintura. Caía hasta lasrodillas. Sus medias también eran negras. Llevaba unos tacones rojos, como la mujer de la fiesta en mi boda. Su figura lucía esbelta y fina. Llevaba el cabello recogido en un moño grueso, muy elegante. Su rostro no lo pude identificar, pues su sombrero de tul negro me lo impedía y,además, esquivó la mirada volteando hacia otro lado para no ser identificada cuando vio que yo estaba frente a ella, a unos metros de distancia. Pude observar sus manos sin guantes, eran blancas y finas. Su físico era parecido al mío:su estatura, su figura delicada y sus posturas. Además, su piel era blanca, como la mía. Su cabellera, aunque estaba peinada, podía asegurar que era como la mía, abundante y larga y de mí mismo color. Aunque no pude ver su rostro, podía asegurar que nos parecíamos.

Colapsé como si estuviera ante un *déjà vu*. Recordé mi niñez cuando despertaba a gritos por una horrible pesadilla. Les contaba a todos, en especial a mi *nonna*, quien siempredormía a mi lado en la cama. Le relataba que en la pesadilla que me hacía gritar desesperada veía a una mujer que me perseguía con un cuchillo y, mientras corría detrás de mí, gritaba que iba clavarlo en mi corazón con treinta y tres puñaladas. Ahora puedo identificar a dicha mujer, de cierta forma era yo misma persiguiéndome. Por aquel tiempo mis padres tomaron la decisión de ponerme en tratamiento con una psicóloga, sin embargo, nunca me diagnosticaron demencia o herida de ciertos traumas. Decía que yo simplemente era una niña muy madura, inteligente y creativa.

—¡Esa mujer que está allí me persigue para matarme! —le dije al señor—. Quiere clavarme treinta y tres puñaladas enel corazón.

—Déjeme decirle, señora, que allí no hay ninguna mujer
—respondió el buen señor—, solo veo personas caminando. Creo que le pasa algo serio a usted, ¿por quéno me acompaña? — preguntó mientras me sujetaba del brazo.

—¿A dónde me lleva? —le pregunté, al notar que intentaba guiarme hacia algún lugar. Además, él no veía lomismo que yo.

—A una clínica, está pasando por alguna situaciónestresante, no está bien.

Entonces me lo sacudí y quité sus manos de encima. Me agaché para quitar mis zapatos de tacones y empecé acorrer, apretándolos, junto a mi cartera, contra el pecho. Alllegar a la estación de trenes, abordé uno de inmediato. Tomé un asiento y, aún con mi corazón agitado, me senté al lado de un joven. Quería contarle lo sucedido, como buscando ayuda, pero escuchaba música con sus auriculares y tenía los ojos cerrados. Entonces, me senté y me coloqué de nuevo los zapatos. Estando allí en el tren, me sentía segura, así que me quedé esperando que partiera y, apenas echó a andar, mis pensamientos volaron hacia la situación reciente, no podía dejar de pensar que aquella mujer que había visto tan de cerca, era exactamente igual a mí y a la mujer de mis pesadillas de niña. Mi cabeza daba vueltas porque, en realidad, su físico era igual al mío.

Los minutos pasaban, pero mientras pensaba todo eso y a su vez intentaba comprenderlo. Desplacé mi mirada hacia los pasillos. A unos dos metros vi que, en un asiento,sobresalía un brazo con camisa manga larga negra, no se veía completo por estar sentada de espalda a mí. Comencéa temblar, estaba convencida de que ella había abordado al tren para continuar la persecución. Traté de interrumpir al joven tocándole la pierna para contarle, pero en ese momento llegó el capo de sala para sellar el billete del tren;vi en este policía mi salvación, así que no dudé en decirle:

—Escúcheme, señor, allí adelante... —señalé el lugar donde la veía— está una mujer vestida de negro, me está persiguiendo desde que salí de la facultad.

El hombre miró un tanto desconcertado. No me respondió, sino que tomó mi *ticket* del tren, lo selló y se dirigió al asiento que yo le señalé. Allí, vi que él se le acercó, se agachó para decirle algo y luego me señaló. Ese gesto me dio certezas de que estaba hablándole sobre mi acusación. Entonces, la persona que estaba sentada se levantó y me miró, allí me di cuenta de mi error, ya que era otra mujer, llevaba un libro en sus manos y un *jean* azul, pero las mangas largas de su blusa negra me hicieron relacionarla con mi visión. Me levanté y apresuré mi paso hacia su puesto.

— ¿Esta es la mujer que la persigue? —me preguntó elcapo de sala.

—No, señor, me equivoqué —le

respondí convergüenza al tenerla

frente a mí—. Disculpe, me confundí

por el color de su blusa.

—Señora, usted hizo una acusación muy fuerte.

La pena no me dejaba levantar la cabeza y mirarla a losojos.

—Disculpe, es que no estoy bien de la cabeza, hace poco tiempo salí de un centro psiquiátrico

—admití con honestidad.

Luego me giré para volver a mi asiento. Los minutos pasaron lento, pero rápido en la historia. Al llegar a casa, presencié el espectáculo del hombre más celoso del mundo: «El victimario». Fui la más cruel, lo había ofendido por estar ocho horas ausente, o al menos eso me hizo sentir. Todavía tengo en mi mejilla y en mi espalda las marcas de aquella cruel paliza, y sus ofensas grabadas en mi mente. Así fue el día que decidí regresar a mis estudios.Pero no fue solo oscuridad, una luz comenzaba a asomar a lo lejos, o más bien dentro, porque esa golpiza no fue como los quejidos de lamentos que solía tener, sino más bien como un bastón de triunfo, porque esa rebelión sirvió para levantarme justo cuando me había echado al abandono. Daniela Sorrentino estaba empezando a vivir una fuerte guerra.

Mi bandera en alto

Tres días después...

Amanecí con mi bandera en mano, aquella que denominéresiliencia.

Hacerte resiliente, en estos casos bien marcados, es lo único que puede ayudarte a sobrellevar este dolor y mejorarte. Es lo único que te ayuda a obtener fortaleza aun cuando ya parece que se ha acabado todo el coraje. Lo estaba necesitando porque mi idea de terminar mis estudiosy buscar mi independencia era lo único que tenía en mente, así que, para eso, opté por una vía que yo veía positiva y la cual cambiaría mi vida: Tuve el valor de pedirle el divorcio. Aún con mi ojo morado, me paré en la puerta, con mi bandera en mano, antes de que saliera a su trabajo yle dije:

—Salvatore, quiero que nos divorciemos.

Justo como imaginé. Después de escucharme se convirtió en una serpiente con tres cabezas. Su rostro se desfiguró.

—¿Qué estás diciendo, mujer? —respondió altanero—, ¿divorciarnos? ¡En eso no te voy a complacer! Prefiero matarte, loca...

Así salió de casa golpeando la puerta tras sus gritos. Mis nervios se alteraron, recordé las palabras del profesor Emmanuel cuando me habló de las mujeres muertas a manos de sus maridos. No dudé de que mi destino fuera aparecer en esas terribles estadísticas. Salvatore no aceptaba el divorcio y su mejor arma era la amenaza. Pues sí, «antes muerta», me lo decía una y otra vez. No había dudas de que él era capaz de eso. Que yo estuviera con vida era un milagro, lo decía mi médico, «Pudo ser peor», afirmaba en el hospital ante mis padres; además, ese hombre era muy astuto, sabía cómo disimular su maldad y quedar como inocente. Siempre se justificaba y encontraba la manera de hacerme quedar como la culpable de todo, lo hacía cada vez que podía, también se lo contaba a sus amigos y clientes cuando venían al negocio. Les hablaba de mi demencia, en poco tiempo divulgó que yo era una enferma mental. Así fue aumentando la credibilidad de su relato. Para todos, él era el esposo bueno, pero Salvatore ignoraba un hecho: yo había recordado todo lo de aquel sábado trágico, pero lo disimulaba porque, al final, estaba buscando una vía de escape. Me sujeté fuerte de mi bandera y busqué alternativas para seguir con mis metas.

Comencé a cambiar de actitud ante Salvatore, mi decisión era inamovible. Terminar mis estudios y divorciarme era lo único que tenía en mente. Al ver mi postura tuvo la habilidad de crear una nueva mentira que terminaría destruyéndome moralmente: no solo era la loca, sino que le hizo creer a mi familia que yo tenía un amante en la universidad y que por eso me había revelado.

Sí, había alguien, era mi profesor y director, quien me ayudó a matricularme mi tercer año de estudio. Buscó la manera de hacerme cursar el cuarto semestre de Psicología,pero no era mi amante ni nada parecido, lo conocía desde mucho antes de conocer a Salvatore; solo era mi profesor. Fue de mucha ayuda profesional, pero no conocía mi actual realidad. Me avergonzaba contarla y siempre fingía tener un matrimonio feliz. Ni siquiera le conté de mi vida privada y mucho menos de mis días en la clínica. Mi sonrisa de sol nunca dejó de brillar. Las apariciones de la extraña mujer también las guardaba para mí. En la universidad, era radiante y una mujer feliz. Esa era mi terapia, allí lograba encontrar un reducto de paz. Me estabavolviendo una mujer resiliente.

En casa, sin embargo, era infeliz. Había días en los que Salvatore me dejaba encerrada en el cuarto por horas, me quitaba los libros a la fuerza. Sin embargo, yo continuaba firme, soportando cada insulto, cada golpe, y, como si fuera poco, no lograba deshacerme de la mujer de negro.La veía en todos lados; a veces, sentía que me observaba por la ventana del balcón de mi habitación. Era un tormento. Esto era una guerra doble, tenía dos enemigos, pero debía mantener mi bandera en alto, flameante y decidida. Solo así podría salir a flote.

Esa bandera

clavada en el

precipicioes la mía.

No he ganado.

Es solo para

recordarlea Dios

que ahí

hay una mujer

vivabajo las

piedras.

Horrible ataque y mi decisión de buscar ayuda

En una de esas tardes, con mi cabeza aturdida de pensamientos, bajé al jardín para limpiarlo y aquietar mi mente, debía encontrar la mejor forma de darle un vuelco ami situación. Cerca del anochecer, justo cuando me estaba calzando los zapatos para emprender el camino de regreso al interior de la casa, sentí un ruido fuerte en el cuarto de las herramientas. Pensé que se trataba del gato de mi vecina que de nuevo entraba para hacer de las suyas. Había poca luz, caminé despacio al albergue. Al llegar vi el pico que yo usaba para hacer huecos profundos y sembrar las rosas; se hallaba en el suelo y no colgado en la pared comosiempre lo dejaba, lo cual me pareció extraño, así que quisecerciorarme de que no se hubiese caído, pero, cuando avancé un poco, vi que una figura negra se movió del lado de la mesa, junto a la otra puerta del depósito. Forcé mi vista en la oscuridad para ver mejor. Me sorprendí porque era la mujer que me acechaba, allí parada, pero esta vez estábamos más cerca de lo que jamás habíamos estado. No salí corriendo como otras veces, y, a pesar de la oscuridad, decidí acortar la distancia. Al ver mi comportamiento, en esta oportunidad fue ella la que retrocedió y salió en carrera. Lo hizo por el mismo camino que yo usaba para ir a la universidad, estaba cubierto por hierba grande y tupida, lo cual no me permitió ver hacia dónde se dirigió. La perdí de vista, sin embargo, a pesar de la penumbra que el atardecer regalaba, pude distinguir sus zapatos colortomate. Era la misma mujer que había visto cuando salí de la universidad.

En ese momento, al darme cuenta de lo que había pasado, corrí hacia la casa. La premura hizo que me tropezara con el pico. Me levanté de inmediato y, dejándolo tirado en el suelo, me dirigí hacia el interior por las escaleras llamando a Salvatore efusivamente. No respondió, en ese momento tomaba una ducha. Hice una pausa, encendí la luz para iluminar el ala izquierda de la casa, donde se encontraba el cuarto de herramientas. Me quedé allí observando. Salvatore salió del baño secándose la cabeza. Me vio allí parada.

—Mujer, ¿qué te sucede? —me preguntó—. ¿Por qué memiras así?

—Debes creerme, por favor, he visto a la mujer vestida de negro —respondí—, no es producto de mi imaginación. Es real. Llegó hasta el jardín, estaba en el cuarto deherramientas, allí, mira —señalé por la ventana—. Estoy segura de que me iba a atacar, pero falló porque se le cayó el pico y yo lo escuché. Por eso salió corriendo.

—¿Qué dices, otra vez con esa locura? —profirió con una sonrisa irónica en su rostro. Luego se acercó a mí y me apretó con rudeza las mejillas—. Dani Sorrentino, hace años que dices que esa mujer te persigue. Sigues mal de la cabeza, creo que ir a esa clínica psiquiátrica fue inútil.Estás peor que antes —luego me empujó y me obligó a sentarme en una silla—. Estás loca, admítelo, además, manipulaste a toda tu familia con eso para obtener todostus caprichos.

Clavó su mirada imponente sobre la mía y su voz retumbó en mis oídos:

—¿Qué es lo que quieres, que me convierta en tu abuela?

—preguntó envenenado. Me quedé en silencio, sentada en esa silla cual esclava. Solo su voz se escuchaba.

—A ver, Dani Sorrentino —continuó—, debes estar clara en algo, nuestro matrimonio ha sido un infierno gracias ati, todo es culpa tuya por no ser una mujer coherente. Siempre tienes ideas extrañas. Ahora se te metió en la cabeza terminar tus estudios. Solo una mente enferma no entiende que el tiempo pasó, que ya no eres aquella joven que se lucía en la universidad, donde cuanto hombre pasaba a tu lado se volteaba para mirarte —profirió caminando de lado a lado—. Mírate ahora, estás destruida, flaca, vieja, mal vestida. Solo das vergüenza.

Más de su vieja táctica. Salvatore quería seguir envenenando mi mente, hacerme sentir menos, pero esavez logré levantarme de la silla. Lo miré con rabia. Lelancé valientemente mis palabras, sin un ápice de miedo.El pánico había desaparecido. Ya no tenía nada que perder.

—Te juro, por la mujer que nombraste recién y que no tienes permiso de mencionar nunca más, que salgo de este infierno. Y seré todo lo que he soñado, sin ti, aunque me cueste la vida.

Luego, salí de la cocina y bajé al cuarto de las herramientas con la intención de tomar el pico y colocarlo en su lugar, mientras escuchaba las carcajadas burlonas de Salvatore detrás de mí. Pero cuando llegué al cuarto yencendí la luz, mi sorpresa fue que aquel instrumento que yo había dejado tirado en el suelo estaba intacto en su lugar de siempre. Me quedé mirándolo asombrada, mientras las palabras de Salvatore se sentían triunfantes en aquel cuarto. Una vez más, la realidad me devolvía la evidencia de que nada de lo que le conté era real.

—Está colgado, mujer, y no en el suelo como dijiste. —Se echó a reír, luego, me sujetó de los hombros para conducirme hacia la casa—. Debes darte cuenta de que yo tengo razón, estás loca, deberías dejar esa cosa de los estudios y ni hablar de lo del divorcio. Tendrías que volvera la clínica y recuperarte por completo.

Al escuchar esas palabras, me lo saqué de encima sacudiendo mis hombros. Allí se detuvo en medio del pasillo, con una sonrisa irónica estampada en su rostro. Medirigí hacia un pequeño armario y saqué mi tranquilizante. Lo tomé con un té de manzanilla; siempre dejabainfusiones en la tetera, listas para beber.

Allí me quedé caminando de lado a lado con mi taza en la mano, atacada por toda naturaleza de pensamientos y un disgusto clavado en medio del pecho.

—Yo no estoy loca... —me decía a mí misma

Mi propia paciente

Al día siguiente seguía creyendo que la mujer vestida de negro sí había estado en mi jardín; no como decía mi marido, que era producto de mi imaginación. Cuando me quedé sola en casa, me acomodé en la sala, tomé unalibreta y empecé a anotar todas las apariciones de ellarecordando una a una las veces que la vi. Quería detallar todo. Sin darme cuenta, estaba aplicando conmigo misma las estrategias de nemotecnia que veía en algunas materias de la universidad. Era yo misma la profesional y la paciente. Afirmaba: «YO NO ESTOY LOCA». Hice memoria de cada una de esas apariciones, describí su figura, los momentos en los cuales solían tener lugar. Comencé a dibujarlas.

El primer dibujo que realicé fue de cuando la vi por primera vez en mi fiesta de matrimonio. El segundo, cuando viajaba a gran velocidad por la autopista y yo salía del supermercado. El tercero, al salir de la universidad y, elúltimo dibujo, en el cuarto de las herramientas.

Realicé cuatro dibujos detallados que cotejé al final, como si de esa manera proyectara en una pantalla mis propias visiones. Necesitaba entenderlos, entenderme. No tardé en darme cuenta de algo: aunque todas las mujeres iban vestidas de la misma forma, algo las diferenciaba. La que había aparecido el día de mi boda era gruesa, pequeña, de zapatos rojos. El segundo dibujo, en el que conducía un vehículo, llevaba el cabello a mitad del cuello. El tercero me reflejó a mí misma, por las características similares que guardaba en común conmigo. De modo que, en ese instante, algo me dijo que se trataba de dos personas distintas.

Esa era mi hipótesis. Al no ser todavía una gran especialista, allí hablaba mi razonamiento. Comenzó mi interrogante y la búsqueda de una explicación con los dibujos expuestos sobre la mesa bajo la lupa de mi incipiente análisis. Cerré los ojos y empecé a recordar mi noviazgo con Salvatore: fijé dos líneas imaginarias, una rosada y otra roja. En la primera línea estaban dos enamorados en un mundo de flores, besos y miles de te amo, mientras que, en la segunda, situé las mismas personas, pero allá, en esa línea, estos se maltrataban todo el tiempo, convirtiendo los miles de te amo en cientos de gritos y golpes, hasta que la línea roja comenzaba a bañar en sangre un corazón partido en dos pedazos. El resultado era una herida punzante hecha por treinta y tres puñaladas. Aquí recordé mis pesadillas de cuando era niña. Cuando abrí los ojos dije en alta voz: «Yo no estoy loca, lo que yo veo en mis pesadillas es una representación de cómo podría ser mi muerte».

Buscando ayuda

Una vez convencida de que mis visiones no eran producto de la demencia, sino de mi capacidad sepultada de decodificar terribles señales que se urdían en contra de mi seguridad, puesto que el inconsciente tiene una manera singular de comunicarse, tuve la certeza de que ahí semovía algo extraño. Así fui dejando ese carácter ingenuo y por demás débil.

Sentí, por primera vez, que ya podía tener las riendas de mivida en las manos. Fue en aquel momento cuando recordé a mi profesor Emmanuel Cerruti y su proyecto Ángeles de la Web. Como ya se encontraba funcionando, no esperé más y me dirigí hacia la computadora de Salvatore, habilitada en la sala. Ocupé la mañana en buscar el nichode asistencia. Comencé leyendo lo que significaba la violencia doméstica. Había varios testimonios de mujeres cuya condición había cambiado gracias al servicio de ese grupo de profesionales, al asistir a charlas y encuentros. Así que no detuve mi lectura allí y me dirigí directamente aescoger uno de ellos, anotando la dirección de correo en un trozo de papel. Cada especialista tenía asignado un nombre de ángel. Me llamó la atención el del ángel Gabriel. Había muchos más, pero por alguna razón medecidí a escribirle a él. Comencé presentándome y facilitando todos mis datos personales, tal como me loindicaba la hoja. Luego hice clic sobre el botón de enviar ycerré la computadora.

Al día siguiente, a la misma hora, entré para revisar su respuesta. Aquel ángel se presentaba ofreciéndome su completa ayuda, pero para eso debía tener más informaciónsobre mí, por lo que me dispuse a detallarle toda mi tragedia. Comencé a escribir intensas líneas, desahogaba mis penas y le contaba todo. Sentí por primera vez que me estaba liberando. Dejé fluir mi alma, todo ese tormento encerrado.

Cuando terminé de escribir, me sentí aliviada. Respiré profundo aires de fe y esperanza, aquellos que Eleonora meenseñó cuando estaba recluida en la clínica, cuando me sacaba del aislamiento. En esos seis meses, mi cuarto asignado fue para mí un escondite, donde pasaba la mayor parte del tiempo y me apartaba de todos. Cuando caía la noche, comenzaba mi sacrificio. El dolor de lo que vivía se manifestaba al caer la madrugada. Amanecía despeinada, con mi bata blanca y descalza. Cuando entraban a darme elsedante, las enfermeras lo hacían temerosamente debido a mi condición. Tal vez les daba miedo, pero, cuando Eleonora lo hacía, su dulce voz me calmaba, era mi sedante preferido. Me hablaba de Dios, me abrazaba y leíamosjuntas la Biblia. Recuerdo que me animaba y yo entendía, sin decirle nada, que debía dejarle a Dios aquella carga pesada. Y fue así como sentí en ese momento que Dios me abrazaba a través del ángel que se disponía a ayudarme. Nuestra comunicación por Internet se fue fortaleciendo cada día. Me hablaba del valor de las personas, de lo importante que es creer en una misma. También me sugería leer libros. Yo seguía cada consejo que me daba. Me decía que, cuando viera a mi esposo agresivo, me retirara del lugar. Me gustaba hablar con él y no veía la hora de entrar a la computadora y recibir sus buenos días. Era mi mejor café. Le contaba mi avance en la universidad y que cuando Salvatore me insultaba por regresar de clase no le respondía nada. Aunque me acusara de que la casa estaba en abandono, yo les daba la espalda a sus gritos. Me decía también que no le tuviera miedo, que lo enfrentara; que él viera en mí una mujer fuerte y, si me amenazaba, que no le tuviera miedo. Pero algo no entendía de él, porque, cuando yo le hablaba de la mujer vestida de negro y sus apariciones, no obtenía respuesta, solo me decía que no le tuviera miedo. Yo seguí cada una de sus recomendaciones.

Un día, el ángel me sorprendió porque, cuando abrí el correo, la notificación de un mensaje parpadeó en la pantalla. Leí: «Dani, mi dulce sonrisa de sol, yo estoycontigo, no debes temer». Aquellas palabras solo las decía mi mejor amigo del alma: Manuel Medrano, el mismochico que me cuidaba de niña y que se tomaba en serio las palabras de mi *nonna* cuando le pedía que me cuidara cada mañana que pasaba por mí para ir a tomar el autobús de la escuela. Sin embargo, mi profesor y creador de este proyecto también usaba ese dulce apodo; en algún momento le conté que así me llamaban mis afectos. Igualmente, Eleonora, mi enfermera, mi mentora, mi guía espiritual en la época de reclusión en la clínica. Ella fue un ángel a su manera, servicial, dedicada a mi sanación. También me llamaba el Sol del Sur. Pensé que no cualquiera habría podido saberlo, aunque esa pequeña lista incluía a mi esposo en sus épocas de enamorado.

Segura estaba de que Manuel no podía ser mi ángel de la web, pues desde que entró al juego político en Roma no tenía tiempo ni para su familia, mucho menos lo tendría para mí. Aún tengo grabada la última vez que nos vimos. Su mirada tensa, en la boda. Emmanuel Cerruti había sido muy claro cuando me dijo que el proyecto contaba con la colaboración de profesionales, pues él no podía estar frentea tantas cosas. Pensé entonces que se podía tratar de mi enfermera, aunque me había contado que tenía planes de regresar a su país porque su madre estaba delicada desalud.

Me tomó unos minutos descartar concienzudamente todas las posibles personas de mi entorno. A simple vista mi esposo estaba lejos de ser un ángel, aunque fuera muy astuto.

Pero algo era cierto: Gabriel tenía siempre una respuesta para mi intriga, yo no me dejaba de impresionar porque muchas veces sabía cosas de mí que yo no le contaba. Mis dudas crecían, pero aun así me la jugué con ese ángel. Era mi última carta. No tenía más alternativa: Confiar o dejar de buscar su ayuda.

Hecho extraño

El viernes 29 de octubre tuvo lugar un acontecimiento bien desfavorable en la universidad. Eran las doce del mediodía, acababa de salir de clases y me estaba lavando las manos y la cara en el baño. A mi espalda, en el interior de uno de los compartimentos, alguien descargó el agua de la poceta. Desvié ligeramente mi cabeza para mirar a través del espejo. Para mi sorpresa, era la mujer de negro, aunque esta vez no lucía tan femenina. Nos separaban escasos dos metros, pero el pánico no me permitió detallarla, ya que salí corriendo despavorida del lugar. Cuando corría por los pasillos choqué con dos chicas que venían hacia el baño. Se detuvieron por mi susto. Mientras trataba de explicarles lo sucedido, la mujer nos pasó por un lado como si nada. En ese momento, me fluyeron las palabras para explicarles a las chicas lo que pasó. Pude decirles que esa mujer vestida de negro me iba a atacar en el baño. Se miraron las caras y luego una de ellas decidió tomarme de la mano y me condujo hacia un banco de madera. Me senté un instante a pasar el susto. La otra chica me ofreció agua de una botella que sacó de su bolso.

—No te asustes, hay mucha gente vestida así —intentaba tranquilizarme una de ellas—, es por la fiesta de *Halloween*.

—Están en el salón veintiocho por los jardines traseros — agregó la otra joven—.

¿Quieres ir?

Acepté la propuesta. Cuando llegamos al salón me di cuenta de que era cierto. Admití mi error, me excusé con una sonrisa y salí del pabellón.

Caminé en dirección a la salida de la facultad a esperar el autobús en la parada. Me senté a esperar varios minutos.

Luego de un rato, se detuvo un taxi frente a mí. La ventanadel copiloto se bajó lentamente.

—¿Es usted la señora Daniela Sorrentino? —interrogó un sujeto. Me quedé en silencio por un instante. Fue unapregunta extraña.

—Sí—respondí—. ¿Quién es usted?

—Venga, la llevo hasta su casa.

— ¿A mi casa? —le pregunté desconcertada—. No loconozco, ¿cómo me voy a subir a su auto? Y usted, ¿cómo me conoce?

—No se preocupe, tengo la dirección para llevarla a su casa. —Se adelantó—. Recibí una telefoneada con unaorientación muy específica, buscar a una mujer a la una de la tarde en la parada de la universidad. Daniela Sorrentino, blusa blanca, pantalón azul claro, bolso marrón marca Torino.

Me sorprendió aquella descripción, y, a decir verdad, por primera vez caí en la cuenta de la ropa que me habíapuesto ese día para ir a clase. El taxista, amable y sonriente, con su cuerpo estirado hasta la ventanilla del acompañante, intentaba ganarse mi confianza. Habló de la empresa, de la oficina motorista que presta servicios ymantiene comunicación activa con sus empleados mientrasconducen.

No supe qué responder, sin embargo, me monté en el vehículo. Quedé muda; un desconocido me llevaba a casa.

—Déjeme en la esquina, por favor —le pedí.

Era mejor llegar a casa por el camino trasero del jardín, como siempre lo hacía. Cuando ya estaba a punto de bajar del carro, el señor me detuvo por un momento.

—Señora. —Me entregó un paquete—. Esto es para usted.

Aquel regalo se convertiría en la parte fundamental de mi recuperación. Lo tomé y el taxista se despidió deseándome buenos días.

Bajé del auto y escondí el paquete en mi bolso. Entré acasa y lo abrí en la soledad de mi habitación. Un teléfono me sorprendió y también una nota que decía: «Dani, este será nuestro medio para comunicarnos, debes esconderlo. Utilízalo solo para nuestra comunicación, solo por mensajes, nada de llamadas. Es la mejor vía para ayudarte».

Cumpliendo al pie de la letra, le di uso. Solo su número estaba registrado y ya había un mensaje recibido: «¿Dani, todo bien?». Le contesté de inmediato, como aquellos soldados de las guerras civiles en Estados Unidos que al regresar a sus cuarteles colocaban en la pizarra «OK». Yo quería terminar con mi guerra, quería dejar mi trinchera y estaba dispuesta a todo.

Denunciar

Recuerdo que fue un 4 de noviembre cuando le escribí a miángel. Le comuniqué que ya no quería esperar más, estaba decidida a denunciar a mi marido ante las autoridades competentes porque su maldad iba en aumento. Salvatore toleraba cada vez menos mi ausencia con gritos yamenazas. Ya no era la Daniela sumisa. Me había hecho una mujer inmune a todo lo que me hacía y, en realidad, unbuen día dejó de afectarme. Creo que era esa la mejor arma en el combate contra la violencia, hacer un pacto contigo misma y llenarte de fuerza, perder el maldito miedo que te obliga a vivir esa situación por años.

Recuerdo que escribí en mi cuaderno:

Del miedo lo aprendí

todo,incluso

a respirar bajo el agua,

a volar en la arena,

a cantar con mi garganta rota.

Fui encontrando en las palabras un viejo recurso para expresarme. De un modo inusitado, las palabras me daban valor. Al haber desaparecido el viejo pánico, me puse de acuerdo con mi ángel para realizar la denuncia. La idea era obtener una orden firmada en la que a Salvatore se le prohibiera acercarse mientras se llevara a cabo mi separación y divorcio.

Cuando llegó el día de la denuncia, aproveché que en mi casa estaban los técnicos del calentador de agua, por lo tanto, Salvatore estaría esa mañana muy ocupado tanto con el taller como con los técnicos. Era el momento preciso para ir a la comisaría local y para eso mi ángel y yo fijamos una hora y un punto de encuentro.

A las nueve de la mañana nos encontraríamos en el cafetín llamado Mi Bella Nápoli. Él me estaría esperando, así que le envié mi primer mensaje unos minutos antes de salir de casa. Pero cometí un error; luego de enviar aquel mensaje, coloqué el celular en la mesa de noche para buscar mi cartera y las llaves. Salí nerviosa y apresurada, de modo que olvidé llevarme el teléfono. No fue hasta que me encontré a mitad del camino cuando me di cuenta. Me mortifiqué por un buen rato pensando que Salvatore podía encontrarlo, pero dejé de pensar en eso cuando llegué al lugar. Caminé a la dirección acordada mientras miraba el reloj. Vi que faltaban solo tres minutos para las nueve de la mañana, lo cual me tranquilizó, porque todo estaba saliendo como lo habíamos planificado. Seguí caminando hasta llegar al cafetín donde Gabriel me esperaba. Estando a poca distancia, apresuré mis pasos. Al cruzar la avenida, pude observar el lugar. Había mucha gente fuera sentadaen hermosas sillas tomando café. Realicé una rápida mirada panorámica para encontrar a Gabriel, que, aunque no sabía quién era, suponía que estaba sentado a solas, esperándome en una de las mesas.

Para mi sorpresa, no fue a Gabriel a quien vi, sino a la mujer de negro ocupando su lugar. Ya, desde aquella distancia, me observaba. Mi corazón comenzó a latir fuertemente, las manos me temblaban y quedé atónita. Lo que mis ojos proyectaron me generó tal confusión que una voz en mi mente me gritaba: «Corre, Daniela, sal de este lugar». Entonces retrocedí y empecé a correr, sin importarme los carros que venían en dirección contraria. Crucé con el semáforo de peatón en alto, mientras se escuchaban las bocinas de algunos autos. Logré cruzar la avenida por el temor a que la mujer me matara. Seguí corriendo hasta que llegué a la estación del tren. Me quedé sentada con la boca seca y el corazón agitado. El miedo se reía de mí. Bajaba la cabeza y abrazaba mi cartera que llevaba contra el pecho, hasta que el tren partió de aquel lugar. Sentada, con el corazón que me batía a gran velocidad, no encontraba explicación. Estaba llena de dudas. ¿Por qué fue ella en lugar de mi ángel? Mi cabeza estaba llena de preguntas sin respuestas.

Cuando llegué a casa, rogaba que Salvatore no hubiera encontrado el celular. Entré a mi cuarto y, por suerte, este permanecía en el mismo lugar. Salvatore todavía estaba ocupado en el taller. Por un buen rato tuve el celular en mismanos, pero no lo miré hasta que la intriga me superó. Vi la notificación de dos mensajes nuevos. El primero había sido enviado a las ocho de la mañana, cuando yo iba en camino: «Dani, disculpa, dejemos todo para después, me acaba de llamar mi jefe y tengo una reunión importante.No te podré acompañar»". Sucesivamente, otro a las 8:30:

«Estoy entrando a la reunión y tú no contestas». Allí estaba la explicación de por qué no estuvo presente, él me había enviado sus mensajes después de que salí de casa. Cuando le conté todo lo que había pasado, se dio cuenta de que yo tenía razón. Mi angustia estaba afectando mi seguridad, había algo más dentro de este problema de violencia. La mujer se presentaba con mayor frecuencia y esto despertó el interés de mi ángel de ayuda.

Buscando respuestas

Recuerdo que era viernes. Salvatore se había levantado muy temprano para luego encerrarse en su taller. En definitiva, mi marido no había encontrado el teléfono; de ser así me habría propinado una enorme paliza, de eso estaba muy segura, así que me asomé en el balcón de la escalera que daba hacia la calle. Miré hacia abajo y, aunque mis ojos no alcanzaban a ver, a mis oídos llegaron las voces de mi marido y una mujer. Concentrándome en la conversación, pude distinguir que él le aseguraba a ella que su carro había quedado perfecto, de modo que la invitó a dar unas vueltas en el vehículo para demostrarlo.

Vi que salió del taller con ella, una hermosa mujer, alta, flaca y de largo cabello marrón. Se dirigieron al auto que había estacionado justo en frente de la casa. A Salvatore lo noté muy atento y gentil mientras caminaban hacia el automóvil. Él se montó primero; no se dio cuenta de que yo miraba todo desde arriba, pero la mujer sí. Justo antes de abrir la puerta, me clavó sus ojos. Su rostro se transformó al verme. Cruzamos por un instante nuestras miradas y luego se subió al auto. Un escalofrío viajó desde mi cabeza a los pies. Se salieron de mi vista por el fondo de la calle. En ese momento decidí entrar a casa, pero,justo cuando estaba a punto de cerrar la puerta del balcón, pude sentir que alguien salía del taller. Entonces, nuevamente me asomé, pero no logré ver de quién se trataba, dado que ya se había subido a un auto. Pude reconocer el vehículo. Era el mismo que conducía la mujer vestida de negro aquel día en la autopista, cuando la vi por segunda vez. Estaba segura de eso, así que corrí hacia la parada de los taxis. Abordé uno y le pedí que por favor buscara al auto gris que había salido de mi casa. Me enredécon una explicación improvisada diciendo que debía entregar un dinero. Me preguntó por la matrícula del auto, pero no la sabía. Le dije que fuera hasta una dirección inexistente, con tal de dar unas vueltas por la urbanización y de esta manera ver si lo encontraba. Al cabo de unos minutos, reaccioné a lo que estaba haciendo, era algo inútil, estar detrás de algo que no quería encontrar, así que le dije que me dejara en una esquina. Cuando bajé del carro, comencé a caminar por aquellas calles. No sabía si buscaba a mi marido o al vehículo de la mujer vestida de negro. Eran las siete y media de la tarde. Deambulaba por las calles viendo mis miserias reflejadas en los vidrios de los negocios y las casas.

«A veces en la vida pasan cosas que no son del todo claras y más en la situación de maltrato y violencia que Daniela Sorrentino, la superviviente, estaba viviendo. No se quería rendir, porque de aquella situación, en la cual se encontraba flotando en aguas turbulentas, quería salir ysolo necesitaba seguir nadando hasta llegar a la orilla».

Emprendí el camino de regreso, pues ya llevaba un buen rato girando. Eran las nueve de la noche.

Estoy segura de que, si alguien me hubiera visto caminar por aquellas calles, hubiese podido asegurar mi locura. Mi lenguajecorporal hablaba por mí. Iba sin sentido buscando la respuesta a una pregunta absurda. En mi pueblo era muy común que me llamaran loca al referirse a la esposa del mecánico Salvatore Sebastiano.

De pronto, allí, en una esquina, vi el carro al que habían subido mi marido y la chica. Era rojo, pequeño y estaba estacionado en la entrada de un garaje. En la casa, solo unapequeña y tenue luz se escabullía. Me detuve a mirar por la ventana. Logré ver, a través de las cortinas blancas, lasilueta de dos amantes que se abrazaban. A mis oídos llegó una música suave. Una reacción violenta dominó mi cuerpo, como si un fuego interior estuviera quemando mi estómago. Mi corazón latió velozmente, sentí que ya había encontrado algo de lo que buscaba.

Allí estaba la prueba de su infidelidad. Necesitaba una respuesta. Tenía que ponerlo en evidencia. Entonces, abrí las rejas de la casa y me dispuse a golpear la puerta. Quería que ellos me vieran, pero justo cuando estuve a punto de hacerlo, sentí que algo se movía por la parte trasera del jardín. Yo desvié la mirada para ver de qué o de quién se trataba. Mis dudas de inmediato se despejaron cuando pude notar que era la mujer vestida de negro. Al verla allí parada perdí el vigor para golpear la puerta. Empecé entonces a correr, alejándome de allí. La loca de Daniela sola por las calles, pensaba mientras mis piernas me llevaban a casa. Cuando llegué, me comuniqué de inmediato con mi ángel, le conté todo lo que había pasado.

Reflejarte en otra persona

«El silencio de una mujer que vive violencia debería ser comprendido como un pedido de ayuda inminente».

Mary Jeanne Sánchez

Al día siguiente, que era sábado, amaneció con un ámbar espléndido. Salvatore no había regresado a casa. La noche nunca lo trajo de regreso y creo que fue lo mejor, pues no sé cómo iba a reaccionar, de modo que pude haber arruinado mis planes de demostrarlo todo.

Esa mañana me enrumbé por la calle que me conducía al mercado. Llevaba mi bolso con rueditas que se escuchaban en las silenciosas calles de la urbanización por donde la noche anterior corrí como loca. Mientras caminaba, pensaba en las vueltas que había dado mi vida, pasar de ser una joven alegre bien vestida y bastante hermosa a una mujer reprimida, callada y vulnerable. Allí me di cuenta de que, una vez más, me descubría a mí misma, porque desde hacía rato había despabilado. Estaba levantándome, solo que ahora buscaba una salida y mi ángel me la estaba enseñando.

En mi rostro se dibujó una pequeña sonrisa que planchaba aquellos orificios en mis mejillas, pero por donde también bajaron las lágrimas de cada amargura.

Recuerdo aquellos perros en las albercas de las quintas, se acercaban hacia las rejas y ladraban nerviosos por el sonido de mis zapatos y de las ruedas de mi carrito. Siempre me sobresaltaban, entonces solía cambiar de acera... Me daban un susto bárbaro. En cambio, esa mañana, aquellos ladridos no me afectaron. «Estás siendo devorada por un perro mucho más feroz, tu marido

Salvatore Sebastiano, que cada día muestra sus colmillos», me dije. Iba de camino hacia la calle Roma. Nunca olvidaré el número de la casa donde había visto a Salvatorecon su amante, el 21 presencié algo que nunca olvidaré.

Al llegar a la esquina de la calle, noté una muchedumbre inusual. Carros de policías y periodistas con cámaras salpicaban la escena. La piel se me erizó, apresuré mis pasos. En efecto, la casa había sido demarcada con elprecinto rojo de la policía científica. Varias personas lloraban en los alrededores.

Me detuve al lado de otras personas a las que también escuché decir entre murmuraciones:

—Fue encontrada en la mañana por la doméstica, tirada en el salón, asesinada.

—¡Oh, Dios mío! Pero ¿quién la mataría?

—Se había separado de su esposo porque era un hombre muy celoso. No la dejaba hacer nada.

—Siempre le pegaba.

—Ella lo había denunciado.

—Solo un monstruo puede matar a alguien de esa manera. Por un momento vi reflejada mi vida en aquella escena.
¿Qué pasaría si esa casa, rodeada de policías y cintas rojas,fuera la mía? Dos hombres con bragas blancas y un maletín me pasaron, por un lado, conversando mientras caminaban hacia la casa. Coloqué mi bolso de mercado junto a un árbol y los seguí sin que ellos me notaran. Así fue como entré en aquella casa para ver lo que no quería. Mis ojos se abrieron como dos monedas al ver el cuerpo tirado en el suelo. A su lado, y cubierto de sangre, un puñal. Quise mirar su rostro, pero ya estaba cubierto con sábanas blancas. Recordé mis pesadillas de niña cuando sentía que alguien me

seguía para matarme con un cuchillo. Mi mirada se desplazó por todo el lujoso lugar. Pude ver, entonces, una de las paredes salpicada de sangre cerca de donde estaba el cuerpo. Las cortinas transparentes me hicieron recordar a los amantes que había descubierto el día anterior. Al bajar lentamente mi mirada, vi un charco grande rodeando el cuerpo. Mis manos comenzaron a temblar mientras mi corazón se agitaba cada vez más. Quería gritar, pero me contuve apretando mi estómago y mi boca. Reaccioné cuando uno de los hombres, que se percató de mi presencia, me sujetó de los hombros.

—Señora, debe salir del lugar —dijo, y me llevó

hasta la salida—. ¿Qué hace usted aquí? Cuando

estaba a punto de salir, un hombre se acercó.

—No se preocupe, a la señora la conozco, es la esposa del mecánico del taller — dijo, luego agregó susurrándole, pero yo le escuché—: la señora tiene problemas en su cabeza.

Yo me quedé mirando al señor. Así fue como lo reconocí. Era el mismo que yo detuve el día que salía de la universidad para decirle que la mujer vestida de negro me perseguía, el mismo que me había asegurado no ver ninguna mujer. Estaba preocupada, ya que no podía entrar en aquella casa. No quería verme involucrada en aquella trágica situación, así que se me ocurrió apelar al artificiode mi «demencia». Levanté los hombros y miré directo a los ojos del oficial para decirle:

—Yo solo quería saber si la mujer allí tirada era yo. No mequiero morir. Sobre mí echaron una mirada de compasión.

—¿Qué dice está loca? —dijo uno de ellos.

Entonces, con un gesto de cabeza, el oficial le indicó que mesacara.

Así fue como abandoné aquel lugar. Tomé de nuevo mi bolso y regresé a casa desviando mi camino al mercado,pues, aquello que vi, me urgía comentárselo a mi ángel.

La noticia de aquella muerte se estaba divulgando por todas partes. La gente de la localidad se hallaba consternada. «Existen muchas Danielas en el mundo. Las puede haber en la esquina, en un salón de clases, en el supermercado, en un avión, en la peluquería, en un centro comercial o simplemente cruzando una calle, pero nadielas reconocería, hasta que su amado las mata», pensé.

Subí a casa, le escribí a mi ángel contando todo lo que estaba pasando ese sábado y cómo me estaba afectando la muerte de una nueva víctima mujer. Su reacción me sorprendió. Fue totalmente inesperada: «Daniela, prepara un bolso pequeño, mete allí lo necesario. Tienes que salir de inmediato de esa casa. Yo iré por ti».

Nuestro acuerdo fue que estaría en la zona mencionada a las dos de la tarde. Yo lo esperaría en el cafetín de la estación del tren y de allí juntos iríamos a denunciar todolo que había visto y todo lo que había vivido durante mucho tiempo. Me aseguré esa vez de no dejar mi teléfono. Mi vida corría peligro.

Cuando la vida te explica todo

Todo estaba saliendo como lo habíamos planificado. Mi corazón estaba alegre. Volvía a sentirme como una niña soñadora, cuando leía aquellas fábulas del príncipe que iba a liberar a su princesa. Estaba emocionada y sentía mi estómago lleno de mariposas, pero también estaba asustada, porque Salvatore podía llegar en cualquier momento. Comencé a arreglar todo tal como me lo pidió mi ángel, mientras la noticia de la joven Mónica Pasini corría ya por los medios. El televisor encendido que trasmitía la noticia me acompañó a hacer la maleta. Fue allí donde pude escuchar algo que me mortificó aún más. Aseguraban que la asesina de la joven de veintiocho años podía ser una mujer. Se creía que ella había forcejeado para defenderse, ya que en su mano derecha había quedado un pedazo de medias panti negras. Allí me paralicé. Dejé de organizar mi bolso, porque la noticia me situó en la noche del viernes cuando vi a Salvatore con su amante. No dudé en ningún momento de quién había cometido el asesinato, había sido la mujer vestida de negro, ya que yola vi por los jardines de esa casa. No podía creer lo que estaba pasando.

En ese momento le di sentido a aquellas pesadillas que tenía de niña. No eran más que un presagio de algo que pasaría en mi futuro. Entendí todo lo que era mi vida. Aquella mujer vestida de negro en verdad existía. Mi marido siempre había tenido una amante. Era por eso mi infelicidad. Mi matrimonio era un infierno que tardé cuatroaños en descubrir. Cuatro años me tomó crecer y dejar de ser la Daniela niña. «Quizás soy la mujer que representa a muchas mujeres más que viven la misma situación, la misma violencia dentro de los muros de su casa y que muchas no son capaces de asimilar, descubrir o reconocer», pensé:

«Eres una guerra que solo tú puedes librar porque nadie lo hará por ti, quizás no muchas tengan la suerte de encontrar un ángel como me paso a mí, pero te tienes a ti para decir basta. Borra tu nombre y apellidos de aquella lista de muertes, porque el amor no mata y, si alguien no te ama, comienza a hacerlo por ti misma».

Justo cuando le estaba dando vueltas a mi asunto, pasó lo que jamás imaginé.

Asesino

Cuando ya tenía todo listo para salir, sentí la puerta de la casa abrirse. Salvatore estaba entrando por la puerta principal. Lo observé, noté un tono rojizo extraño en sus ojos, venía con la cara demacrada. Al verme parada en la cocina, pudo distinguir el bolso que tenía arreglado. Entendió que iba a abandonarlo.

—¿Qué haces? —preguntó.

En ese momento recordé que había olvidado mi teléfono enel baño, así que no le contesté y me dirigí de inmediato a buscarlo. Salvatore aprovechó para revisar el bolso que había dejado desprotegido en la cocina. Yo, por mi parte, coloqué el teléfono en mis pantis. Mi pantalón y mi blusa de flores, ancha y larga, lo disimulaban bastante bien. Insistió en preguntar cuando volví del baño.

—¿Qué haces con este bolso? ¿A dónde piensas irte?

—Me marcho de esta casa —respondí. Luego, mientras le quitaba la maleta de sus manos, agregué—: ¡De este infierno!

Él se acercó y tironeó fuertemente del bolso arrancándomelo de las manos.

—Tú de aquí no te vas —profirió con sus ojos llenos de rabia—. Muerta te vas por esa puerta.

—¡Asesino! —le grité sin pensar. Mi voz tronó y se distorsionó—. Yo sé todo lo que hiciste anoche. Mataste a Mónica Pasini. ¡Basura!

—¿Qué dices? —preguntó.

—Sí, anoche te seguí y te vi en su casa —le

respondí con la seguridad en mi voz—.

También estaba la mujer vestida de negro. Ustedes dos la mataron. Me arruinaron la vida. ¿Ese fue tu plan? ¿Ahora sigo yo? —Saqué fuerzas y palabras de donde no sabía que podía.

Salvatore se quedó mirándome, desconcertado. Luego de un instante corrió hasta la puerta y la cerró con llave.

—De acá no sales, ¡hija de puta! —gritó mientras cerraba la puerta, luego tomó su celular e hizo una llamada mientras me señalaba con su dedo. Al cortar vinocaminando hacia mí y me sentó en una silla luego de sujetarme fuertemente de los brazos—. Te quedas ahí o te mato aquí mismo.

Mi corazón no paraba de latir. Mi respiración y mi pulsose habían convertido en un temblequeo continuo. Nunca en mi vida sentí tanto pánico como ese día.

Tibisay entró por la puerta, luego de unos de los peores quince minutos que pasé a solas con ese hombre. Supe su nombre porque, al entrar, Salvatore la nombró y le dijoalgo que no llegué a oír.

—A ver, loca, ¿qué es lo que sabes? —preguntó Tibisay.

Al acercarse a mí, recordé aquel sábado trágico cuando perdí mi hijo por el golpe que recibí de Salvatore al indagar en el papel con el nombre, que cayó desde sucamisa.

«Esta mujer estuvo siempre presente», pensé. Era una mujer baja, de cabello por los hombros y medio gruesa. Definitivamente, era la mujer vestida de negro que estaba en la fiesta de mi matrimonio y también la que vi cuando salí de aquel supermercado. No le contesté, solo la miré.

Entonces volteó, caminó directo hacia mi marido y le dijo algo al oído. Algo que no logré escuchar. Salvatore tomó un cuchillo y me dijo apuntándome con él:

—Si no quieres que te pase lo que le pasó a Mónica, que le clavé treinta y tres puñaladas, escribe en este papel lo que te voy a dictar —dijo Salvatore mientras me entregaba el papel, que usaba para hacer la lista del mercado.

Me dictó lo siguiente: «Papá y mamá: Partí muy lejos de Italia, me fui con mi amante, aquel hombre con quien me comunicaba llamado mi ángel. Por favor, no me busquen porque yo quiero ser feliz».

—Escribe —me ordenó—. Firma luego.

—¿Por qué me haces escribir esto? —le pregunté—. ¿De qué amante hablas, Salvatore?

—¿Piensas que soy idiota? —comenzó respondiendo, luego escupió su ira—. Yo encontré tu teléfono en la mesa del cuarto y leí el mensaje de tu amante. ¿Así que se iban aencontrar en Mi Bella Napoli? Cuando llegó el segundo mensaje de que no podía asistir porque tenía una reunión, fue cuando decidí llamar a Tibisay para que se vistiera de negro y te esperara allá, porque, por si no sabías, ella vivea la vuelta —y se echó a reír.

—Están enfermos.

—Nunca me serviste. Mis mujeres seguían mi juego. Disfruto mucho que ellas se coloquen el vestido —dijo sonriente, pero con su cara quebrada—. Mi tía Enriqueta lousaba cuando yo era niño. Me corría con un cuchillo, la muy maldita. Me golpeaba y me maltrataba.

—Pobrecito —se entrometió Tibisay, mientras lo

acariciaba.

—Pero esa vieja tuvo su merecido, la atropelló un camión. Fue tan lindo verla cubierta de sangre. No sabes el alivio que sentí.

—Sí, se lo merecía —alegó Tibisay.

Yo solamente escuchaba, sin moverme de la silla.

—¿Sabes? Me divertía ver tu carita muerta de miedo. No sabes cuánto lo disfrutaba —dijo Salvatore—. Me divertía mucho escuchar a Mónica mientras hacíamos el amor contarme cómo te perseguía en la universidad.

Me sentí tan mal. La angustia retorció mis tripas.

—Ustedes están dementes, los denunciaré —les grité. Tibisay comenzó a reírse a carcajadas.

—¿Sabes qué me causa gracia? —dijo la mujer—. Que Mónica y yo nos disfrazábamos, pero también lo hacía Salvatore. Él te seguía en la casa y luego venía y noscontaba todo a nosotras. Pero hoy esa idiota está muerta. No la soportaba, siempre con esa risita de niña.

—Lo hice por ti, mi amor —le dijo Salvatore.

Me quedé en silencio mientras ellos comenzaban a besarse delante de mí. Mi corazón estaba a punto de explotar, no podía comprender cómo era que estaba metida en algo tan espantoso. De mis pulmones un grito de furia resonó.

—¡Auxilio! —grité, pero lo único que recibí fue un golpe en mi cabeza que hizo que todo se apagara. Aquel encuentro con mi ángel se esfumaba.

Ángel de la Web

De momento he perdido comunicación con Daniela. Habíamos acordado vernos en el bar de la estación del tren a las dos de la tarde. «Me reconocerás enseguida», le señalé cuando me preguntó cómo lograría identificarme. Intenté calmarla, convencerla de que debía confiar en mí y dejarse orientar. Estaba resuelta y, sin embargo, muy alterada por el miedo. Insistió en describir la ropa que usaría. Ya era un paso importante el aceptar que su vida corría peligro.

Cuando llegué al bar no la encontré. Aun así, ocupé una silla y ordené al mesero servir dos *cappuccini* al momento de recibir a mi acompañante, que ya estaba demorandomás de lo previsto. Me entretuve con el programa de fútbol de televisión, pero una conversación espeluznante que mantenían dos sujetos en la barra desvió mi curiosidad. Hablaban del asesinato de una mujer de apellido Pasini. Solo entonces pude comprender que algo grave había pasado. Di un respingo en la silla, le pedí que cambiara de canal.

En efecto, una reportera daba la noticia del espantoso asesinato de una joven mujer que había sido acuchillada en las instalaciones de su vivienda la noche anterior, en elcual se hallaba implicada una mujer de nombre Daniela Sorrentino, casada con un exmilitar de veintiocho años. Nopude dar crédito a lo que veía, entré en una profunda desesperación. En la pantalla apareció el esposo dandodeclaraciones a favor de la versión oficial; él y otros testigos acusaban a Daniela de asesina. Su marido, Salvatore Sebastiano, no perdió oportunidad de mencionar el hecho de que su esposa había estado recluida en un sanatorio, que padecía una marcada obsesión por vestirsede negro y salir a la calle cuando sufría de delirios de persecución.

Quedé perplejo, eran acusaciones al extremo peligrosas, deinmediato perdí la esperanza que me sujetaba esos días.

¿Era verdad todo aquel desastre? De momento tenía sentido, Daniela no había llegado. ¿Estaba yo protegiendo a una criminal? Recuerdo que llevé mis manos a la cabeza, si aquellas acusaciones eran ciertas, su vida se encontraba hundida en una fosa bastante profunda; por otro lado, si eran falsas, difícilmente Daniela podría zafarse de aquella aterradora historia de la que estaba siendo incriminada. Cada uno de los entrevistados consolidaba más la hipótesisde que mi protegida había matado a la mujer.

—Suba el volumen, por favor —le pedí al *bartender*.

—¿De dónde conocía usted a la señora Daniela? —indicóla reportera.

—Conozco a la señora Daniela hace tiempo, pues trabajo como contadora en el taller de su esposo.

—¿Alguna vez notó algo inusual en su actuar? —volvió a preguntar la reportera.

—Siempre me pareció una mujer muy perturbada, no conversaba con nadie, prefería el encierro a las reuniones sociales, su esposo la amaba, quiso ayudarla a salir, prácticamente la obligó a inscribirse de nuevo en la universidad para que retomara su carrera de Psicología. La noche del fatal asesinato la vi salir de su casa vestida de negro, la llamé varias veces, pero no me escuchó. El señor Salvatore me había pedido que cerrara el negocio por motivo de un cumpleaños de uno de sus amigos. No me acerqué a la señora Daniela porque dicen que es agresiva, la vi salir por la puerta de atrás, luego no supe más de ella

— Confesó ante las cámaras la contadora del negocio Tibisay Masi, muy conmovida por la tragedia. Limpiaba sus lágrimas con un pañuelo que doblaba una y otra vez.

—No tiene sentido —me escuché murmurar. El televisor se rodeó de personas y comenzaron a crecer los murmullos.

—¿Cuáles cree usted que han sido los motivos? —interrogó de nuevo la reportera.

—Según lo que estaba en boca de todo el mundo es que ella estaba enferma y tenía un amante— respondió la contabilista.

—¿Un amante? —cuestionó la reportera.

—Sí. Al parecer dejó una nota escrita con intenciones de abandonar a su esposo. El señor

Salvatore me la mostró en un estado de desesperación.

En ese nuevo detalle se concentró la reportera, así como todas las personas que observaban las noticias en el bar. Según ella, hasta ese momento las autoridades no habían dado con el paradero del sujeto al que hacían mención varios testigos, con quien mantenía comunicación vía Internet. De pronto entendí que ese sujeto era yo, quetambién me estaban buscando a mí.

«Salvatore le hackeó la cuenta», fue lo primero que se me ocurrió pensar. Ambas versiones chocaban entre sí, la desu esposo y la de Daniela.

Pagué la cuenta de los cafés no consumidos y salí del sitio.Con toda rapidez me dirigí al vehículo y, sin tener muy claro cuáles serían mis próximos movimientos, tomé laruta para llegar a Milán. Necesitaba pasar la noche en un hotel donde calmar mi angustia, pensar en las siguientes jugadas, despejar mi mente. Me esperaba una noche envela sobre la cama de un hotel barato. ¿Dani, asesina?

¿Amante? ¿Estaba siendo implicado indirectamente en una historia tan atroz? Y, además, ¿era posible que hubieran tenido acceso a nuestros mensajes?

¿Era yo su amante? Por más que intentaba atar cabos, el cuento terminaba siendo absurdo.

No quedó un rincón de la habitación por donde no hubiera caminado, hasta que me sosegó la imagen que vi cuando por fin salí al balcón. Tenía ante mí una buena parte de la ciudad de Milán, la hermosa de Italia, como le dicen. Fui un hombre más en la penumbra, frente al animal nocturno que nunca duerme. Todas las luces inimaginables iluminaban las obras de arte, los paseos, los parques.

«¿Dónde estás, Daniela?», le pregunté a Milán.

Revisé mi teléfono. Ninguno de nuestros mensajes de WhatsApp me parece romántico. Si nos habían hackeado el móvil o la cuenta de Messenger, de seguro habrían interpretado nuestras citas como el síntoma de una relación secreta. Desde luego que lo era, pero el *motivo* era su seguridad física. Desactivé la opción de ubicación del teléfono, lo mismo hice con el portátil cuando lo encendí, aunque sabía que, a esas alturas, era muy poco lo que podíahacer para protegerme. Mi estado de paranoia era tal que tapé la cámara de la PC para que fuera más difícil rastrearme e ingresé en modo incógnito. En efecto, nuestra comunicación era íntima, aunque siempre ajustada a sus necesidades de descargarse de su realidad. Eso ante mis ojos, porque ante otra persona hubiera podido pasar como cortejo. Así que me entretuve leyendo:

«Mi ángel, hoy me siento un poco más fuerte. Estoy reagrupando mis propias fuerzas para recuperar mi autonomía gracias a sus recomendaciones. Tiene razón, un matrimonio saludable es aquel donde los individuospueden expresar sus pasiones y sus sueños. La pareja correcta acompaña, no mutila. Gracias por sus sabias palabras».

«Mi estimado ángel Gabriel, hoy me dediqué al jardín. Dedico cada vez más horas a este lindo pasatiempo; abonar la tierra y acomodar mis plantas es como hacerme un cariño interior. ¿Tiene usted plantas?».

«Ángel Gabriel, no sé qué hacer con esta angustia. Paso el día en quietud, pero cuando se acerca la hora en quellega Salvatore mi ánimo se apoca, entro en pánico. Casi podría decir que odio las horas finales del día, cuando mi realidad vuelve a mostrar sus dientes. Le prometo que voy a buscar la forma de salir de este laberinto sin salida que en parte yo misma me he labrado. Pido fortaleza a Dios para librarme de su puño de acero con el que me maltrata cada vez que lo desea. Usted me hace bien, el programa de Ángeles de la Web me ha ayudado a encontrar una luz. Me aferro a ella, gracias por darme tanta fortaleza».

Leí todas las notas que nos enviábamos, en realidad, se hallaban marcadas por su desesperación y mi compromiso de ayudarla. Me tranquilizó encontrar la semilla de la fortaleza en cada uno de los textos, si alguien quería husmear en nuestras conversaciones, solo iba a encontrar la realidad de una mujer maltratada. Por ese lado, y sin proponérnoslo, habíamos sentado un precedente, si se quiere, una justificación y una coartada. El proyecto de Ángeles de la Web posee su propio impermeable legal, cualquier conversación podía ser impresa en caso de que alguna paciente llegara a necesitarlo.

«¿Dónde estás, Daniela?», volví a preguntar en voz alta. Sin saber si era culpable o no del asesinato de la señora Pasini, mi cabeza ordenaba un discurso en su defensa.

Daniela Sorrentino, la superviviente

Cuando desperté, me encontraba tirada en el suelo en una cabaña de montaña. Abrí los ojos lentamente, un fuerte dolor punzaba mi cabeza. Una reducida fuente de luz se escabullía por una ventana pequeña, en lo alto, cerca del techo. Todo era silencio. Me levanté poco a poco tratando de recordar lo que había pasado. Luego de un instante, al volver en mí, me incorporé y corrí hacia la puerta, pero se hallaba cerrada. Sentí deseos de gritar y recordé que mi teléfono estaba en mis pantis. Lo extraje de inmediato. La lucecita de costumbre me advirtió que la batería estaba a punto de descargarse, pero tuve tiempo de hacer la captura de mi ubicación; el teléfono señalaba la cadena de montañas de Valstagna, a cinco kilómetros del Jardín Botánico. Apuré mis movimientos para enviarle la ubicación vía WhatsApp a mi ángel y explicarle lo que había pasado. El tiempo apenas me alcanzó para enviar un solo mensaje y se apagó. No supe si le había llegado. Mi destino estaba en manos de ese mensaje.

Mi esperanza, en aquel momento, había terminado. De nuevo quise gritar, pero, justo cuando estuve por hacerlo, escuché llegar un vehículo del que salieron sus voces. Cuando estaban por abrir la puerta, escondí mi teléfono en el mismo lugar. La primera que entró fue Tibisay. Traía un periódico en sus manos; en seguida entró Salvatore conuna caja.

—¿Qué están haciendo? Por favor, déjenme ir —les supliqué en un intento de ablandarlos.

—Tal vez deberíamos dejarla ir, ¿o no, mi amor? —dijo Tibisay.

—¿Tú dices? —respondió de forma extraña Salvatore.

—La policía la está buscando por toda la ciudad, tal vezsea mejor, ¿no? — agregó, y comenzó a reír.

No entendía lo que decía, ¿por qué la policía me buscaba?

—¿De qué hablan? —pregunté.

—Te leeré la noticia que salió en la tapa del diario de hoy
—dijo Tibisay—. «Descubrieron a la asesina de MónicaPasini».

El titular iba acompañado de una foto de mi rostro y la imagen de Mónica. Luego buscó la noticia en el interior del periódico. Continuó leyendo: «Se encuentra prófuga la asesina de la joven Mónica Pasini. Se trata de la señora Daniela Sorrentino, de veinticinco años, esposa del exmilitar y mecánico del pueblo, Salvatore Sebastiano. La señora, al descubrir que su esposo tenía una amante, decidió seguirlo la noche del viernes. El taxista, que reservó su nombre y que prestó su servicio para seguirlo, dijo: "Esa señora me hizo girar por toda la urbanización y después me pidió que la dejara en la casa donde cometió ese terrible asesinato. Nunca me imaginé que esa señora tenía esa intención, aunque la vi muy molesta y nerviosa"».

—¡Eso es mentira! —me salió decir sin poder creerlo.

—Eso no es todo, espera, aún hay más —dijo él.

Tibisay siguió leyendo: «Muchos vecinos de la zona denunciaron que vieron a una mujer correr por esas calles y aseguran que se trataba de la asesina. Sus huellas digitales estaban en las rejas de la entrada».

Tibisay comenzó a reír.

—No puedo seguir, continúa tú —le dijo a Salvatore, y volvió a reír.

Me quedé mirando a Salvatore. Recuerdo que lo miré con angustia, desconcierto y mucha compasión. Sentía que mi vida se había terminado. Entonces Salvatore sujetó el periódico y leyó:

«La asesina tiene trastornos psicológicos. Afirmaba estar siendo perseguida por una mujer vestida de negro, lo que lallevó a recluirse en un centro psiquiátrico reconocido de la ciudad. Su marido y su contabilista, Tibisay Masi, presentaron las pruebas. Al ser interrogado en la prefectura, aseguró que aquello se había convertido en una obsesión. A menudo se vestía usando un vestido negro, pero lo hacía a escondidas de su marido. También manifestó que al encontrarla vestida de aquel modo entrabaen crisis, golpeaba su rostro, para luego alegar que era víctima de violencia de género, aseguró».

—¿Por qué me haces esto? —le pregunté a Salvatore.

—Escucha, es nuestra mejor carta.

«Sin embargo, él asegura no saber el paradero de su esposa, ya que el día sábado encontró una pequeña carta que dejó para sus familiares donde decía que se iba muy lejos con su amante, que ya está siendo buscado por las autoridades, cuyas investigaciones apuntan a un individuo de nombre Manuel Medrano, abogado residente en Roma, pero también de la provincia de Salerno, donde nació la asesina Daniela Sorrentino. El marido, consternado, afirma que mantenían comunicación en secreto mediante su teléfono móvil».

—No sé por qué te siguen buscando —dijo Salvatore con una espléndida sonrisa.

Apenas terminó de leer y yo de escuchar todo aquello, comencé a gritarles. No entendía por qué

metían a Manuel en esa historia, él no tenía nada
que ver en ella. Pero de repente quedé en silencio.
Mi intuición, una vez más, no había fallado. ¡Así
que él era mi ángel de la web! El ángel Gabriel no
era más que aquel viejo amor platónico, el de las
miradas furtivas, el que nunca había sido capaz de
manifestarme su amor. Yo también lo amaba,
sepulté ese amor fingiendo ante todos, incluso
ante mí misma, que lo quería como a un hermano.
En ese instante confuso, Salvatore caminó hacia
mí con una caja en sus manos.

—Tranquila, mujer, mira lo que te traje.

Retiró la tapa y sacó el vestido negro lleno de
sangre. Era el vestido de mis pesadillas, de mis
pesadillas de niña y de mi vida real. Con esos ojos
de ángel, Salvatore había logrado engañarnos a
todos. Había estado conviviendo con un demente
y no lo sabía. Nadie lo sabía.

—¡Estás enfermo!

—Tal vez —tronó su carcajada—.

Vamos, ponte el vestido para nosotros,

amor. No te dasidea el placer que me

daría verte vestida con él.

—Estás loco, quita eso de mi vista. —Me saqué
el anillode bodas y se lo arrojé.

—Sujétala —le ordenó a Tibisay.

Comenzó a desvestirme con la ayuda de su amante.
Aun por encima de mi resistencia logró quitarme
la ropa, luego comenzó a ponerme el vestido.

—¡Quédate quieta! —me gritó, y luego me golpeó
en la boca con mucha fuerza. En medio de aquel
dolor, tuve que aceptar ponérmelo. Pero mientras

me desvestían, mi teléfono sencillamente cayó al suelo.

—¿Qué hiciste?

—No hice nada, está sin batería, lo juro.

—¿Ves? ¡Te dije que tenías que revisarla! Ahora por tuculpa nos descubrirán — profirió Tibisay.

—Tranquila, mi amor —respondió—, está sin batería, noha hecho nada.

Ella lo tomó, le quitó el chip, la batería y luego lo pisó con la punta de un zapato destruyéndolo por completo. Se acercó hasta mí y golpeó con furia mi cara. Salvatore no dijo nada, ni siquiera se mosqueó.

—No te preocupes, mi amor, todo saldrá como lo planeamos.

—Entonces haz lo que me has prometido —le
gritó Tibisay.

—La mataremos y la quemaremos. Nadie sabrá
de ella,podremos ser felices.

Parece que moriría quemada como Juana de
Arco, la patrona de Francia. Aunque entre ella y
yo no había tanta diferencia, ya que a ella también
le decían loca por escuchar voces en su infancia.
Como Juana, ya estaba camino a mi hoguera.

En ese momento, mientras discutían, se oyeron
las voces de unos sujetos. Por la conversación
casual supuse que se trataba de turistas, en esa
época del año muchos salían a caminar por las
mágicas montañas de Valstagna. Aquellas se
utilizaban como refugio o descanso a mitad del
arduo sendero hacia la cumbre.

Lo que estos turistas no se imaginaban era que en aquelsitio estaba por ocurrir un cruento asesinato.

Salvatore y Tibisay, al sentirlos, se quedaron en silencio. Seguiría mi más heroico acto. Decidí salvar a Daniela,pues pude ver un espacio hacia la puerta, un espacio que habían descuidado en su discusión. Era, quizás, la única oportunidad que tendría de escapar.

Entonces lo hice. Corrí hacia la puerta, comencé a gritar pidiendo ayuda. Al abrir apenas la puerta, pude ver a tres personas caminando cerca de mí. Yo llevaba puesto elvestido negro manchado de sangre.

—¡Atrápenla! —comenzaron a gritar Salvatore y suamante—. ¡Es la asesina, quiso matarnos!

Claro que era noticia en toda Italia, de modo que comencéa correr sin detenerme. Los tres hombres no atinaron a nada, ni me corrieron ni hablaron, simplemente me vieron huir. Comencé a correr, como pude, por la pendiente y los senderos delgados de la montaña. Logré ver a cientos de metros un frondoso bosque y, tras él, un pequeño pueblo. Hacia allá me dirigí. Trataba de saltar los montes, pero aquel vestido dificultaba mi carrera. Por suerte llevaba unos tenis blancos que agilizaban mis pasos sobre el camino sinuoso de la cuesta. Corrí pisoteando y aplastando las pequeñas flores de manzanilla, las mismas que en su momento me sirvieron de té en plenos ataques de pánico.

Cada tanto resbalaba por la pendiente húmeda, miraba hacia atrás, pero Salvatore se encontraba cuesta abajo, a muchos metros de mí. Sentía que lo había perdido.

Seguí corriendo hasta que llegué al pueblo, sin pensar en otra cosa que en salvar mi vida. Vi gente aglomerarsedesde todas las direcciones. Me sentí atrapada, pero liberada a la vez. Era lo mejor, la justicia demostraría lo que en realidad había pasado.

Justo antes de entregarme a la policía recordé mis pesadillas y levanté la vista hacia el cielo:

«*Nonna*, la mujer que me perseguía era yo, pero pudeescapar de ella, gracias», dije en mi interior. Estaba aceptando mi realidad porque aquella mujer que ese día corría por el bosque, escapando de un monstruo con el que había convivido tanto tiempo, simbolizaba todas las almas negras que llevan aquellas mujeres que sufren la violencia, día tras día, en sus hogares o en sus trabajos. Sé que todas se sienten atrapadas, con ganas de huir, de escapar y salir de ese tormento. Cada una, con historias diferentes, cada una con clamores distintos, pero todas unidas por un factor común, el miedo a que su nombre esté grabado en una lápida de cualquier cementerio del mundo. No todas tienen la suerte que Daniela Sorrentino, el

Sol del Sur, tuvo. No todas logran contar su historia, algunas son contadas por medios de comunicación y sus nombres quedan impresos en largas listas de asesinatos que, lamentablemente, siguen en aumento.

Fue así como llegué ese domingo al centro de aquel pueblo, con mi cara hinchada y mi ojo morado ante una cantidad de gente impensable. De inmediato la esquina se llenó de medios de comunicación. La gente se amontonó en el lugar, algunos me insultaban, otros me ayudaban, pero en mi mente un grito triunfante refulgió: «Eres una superviviente, Daniela, estás a salvo». Mis lágrimas se desbordaron. Mi llanto era genuino. El titiriteo de mi cuerpo hacía que bailara al compás del miedo. No hubo noticia en toda Italia que no hablara de mí, porque Daniela Sorrentino había vencido a la muerte.

Fui trasladada a una clínica donde atendieron mis heridas. Al cabo de unas horas ya estaba rodeada de mi familia y mis amigos. Por supuesto, también de custodios, puestoque para la justicia yo aún era culpable. Pero yo sabía que no, que solo había sido una víctima más de personas perversas.

Días después vi a Emmanuel Cerruti. Se sentía triunfante, no era para menos; yo era la mujer más salvada por su equipo de profesionales. Vino en compañía de mi ángel. Cuando nos cruzamos, mi rostro resplandeció de emocióny agradecimiento. En efecto, se trataba de Manuel, mi amigo de infancia, a quien la *nonna* le confiara mis cuidados. Así lo hizo hasta el final. Recordé la última vez que nos vimos, justo en las instalaciones de la Facultad de Psicología. Se encontraba en Milán realizando sus últimas pasantías en un consorcio.

Yo, todavía ingenua, le presenté a mi profesor. Lo que nunca me imaginé es que él era otro colaborador más del proyecto, ni ellos se imaginaron que yo sería la nueva víctima que salvarían. Pareciera que Dios, cuando escucha un clamor, combina todo tan perfecto y desata extraordinarias soluciones, con pinceles mágicos dibuja tu vida para un propósito. Yo pensaba que nuestras vidas habían tomado direcciones diferentes. Pero no, él estaba allí, siempre estuvo.

Nos miramos con dulzura, no sabía cómo expresarle tanta gratitud. Que fuera él quien me hubiese salvado le daba a mi historia un extraño tono de cuento de hadas, aunque esta vez con un final inesperado; él era el príncipe que había rescatado a una princesa maltrecha, arrancada de las fauces de un marido perverso.

Me fundí en un abrazo con él.

—Siempre sospeché que podías ser tú —le dije con mi cabeza apoyada en su pecho.

Lloramos juntos, no sé cuántas palabras usé para agradecerle su apoyo. Nuestras miradas debutaban con un nuevo lenguaje, el lenguaje de un amor profundo que por primera vez era admitido. Me sentí a salvo en sus brazos, como si hubiera llegado a casa.

De cierta forma, las palabras de Salvatore se habían hecho realidad. Cuando decretó que tenía un amante no sabía que, tiempo después, se convertiría en mi amado. Es que siempre lo había sido, ahora teníamos la edad y la madurez para verlo y disfrutarlo.

Si la niñez nos había unido a Manuel y a mí, aquella tragedia personal nos terminó de compenetrar. Comencé a recibir de este hombre toda la dulzura y el respeto que no había experimentado nunca. Su amor me limpió las heridas, me calmó el dolor. Mi nuevo futuro tenía el rostro de un viejo caballero, mi mejor amigo.

Una vez que fue demostrada mi inocencia ante las leyes, abanderada por los abogados del proyecto de Ángeles de la Web, planeamos retornar a Cicerale. Nos esperaban ansiosos todos nuestros familiares, mi rostro figuró en todos los medios de comunicación de Italia con el nombre de la sobreviviente.

Hoy los verdaderos delincuentes están en la cárcel pagando su delito. Por mi parte, voy de país en país contando mi historia, bajo la tutela de mi profesión y el apoyo de mi esposo Manuel y mis tres hijos. Nada ahora es tan importante para mí como orientar a otras Danielas a punto de morir en manos de quienes dicen amarlas. Es la única forma que encontré de oponerme a la violencia contra la mujer: salvando mi vida.

En el avión, camino a Milán, mientras mis hijos y micompañero toman una siesta y la azafata me sirve un café espumoso, escribo un poema en un nuevo cuaderno. Ya no en el cuaderno de la muerte, sino en el cuaderno de la vida y del amor:

Y nació

de mí

mismaotra

mujer.

De mi viejo

nombre,un

nombre nuevo.

(Nadie dice Daniela sin pronunciar

coraje)La mujer desenterrada,

me dicen. Duerme, sepulturero,

nunca despiertes.

Es de noche, llegamos al edificio de la Galería de Arte de Milán a la hora pautada. Respiro un aire plácido, vanguardista, como cuando nuestra vida toma un rumbo verdadero. A la entrada del auditorio leo un póster con mi nombre:

MILANO, 3 de mayo, 2020

Conferencia con la psicóloga Daniela Sorrentino

Lugar:Gallerie D'Arte. 8:00 p. m.

CAPACIDAD 150 PERSONAS TEMA: LA AUTOESTIMA GRATIS

¡NO A LA VIOLENCIA CONTRA LA MUJER!

Entro al auditorio, la sala está completamente llena. Me reciben aplausos de centenares de hombres y mujeres. Mi familia viene detrás de mí, toma asiento en las butacas asignadas. Subo al estrado. Veo mi presente en el rostro poderoso de la multitud. Estoy parada frente a ellos con la satisfacción que produce saber que todo lo que había soñado se ha cumplido. Hoy estoy convencida de que todo lo que viví tenía un propósito mayor y de que, si la felicidad existe, tiene mucho que ver con el hecho de ser útil al mundo.

Un joven me acerca un micrófono. Los *flashes* de las cámaras me dejan ciega un instante. Sonrío, tomo asiento, comienzo a contar mi historia.

«La mujer es de naturaleza hermosa, radiante, inteligente y guerrera. En sus cabezas llevan piedras preciosas y valiosas, simplemente porque todas, absolutamente todas, son reinas ante los ojos de Dios.

«Mujer virtuosa quien la hallará, porque su estima sobrepasalargamente a las piedras preciosas». Proverbio 31:10.

Agradecimientos

Mi gratitud a Dios, primeramente, por iluminarme y poner en mis manos la destreza de escribir historias.

A mi esposo, Pascual Manzi, en unión de nuestros hijos.Ha sido incalculable el valor de su acompañamiento en cada capítulo de esta historia y en cada uno de los libros emprendidos. Encuentro en su pasión como lector crítico un gran motivo para seguir adelante.

A mis ángeles, que me cuidan desde el cielo: mi madre, María E; mi hermana mayor, Maricela; mi hermano Cruz (parte importante de mi infancia feliz). A mi padre, Cruz María. Mis sobrinos muertos muy jóvenes: Julio César, Cruz Alejandro.

A todos mis familiares y amigos.

Made in the USA
Columbia, SC
01 October 2024

42653843R10135